被夺走了时间的蚂蚁

赵松 著

北京师范大学出版集团
BEIJING NORMAL UNIVERSITY PUBLISHING GROUP
北京师范大学出版社

芝麻开门

小时候，看过一部老电影，《阿里巴巴与四十大盗》。里面有个场景，阿里巴巴站在一座山前，对一块大石头说："芝麻开门"，那神秘的藏宝洞门就打开了。世上竟还有如此神奇的事？我被迷住了。

有段时间，我没事儿就想找扇门，或一道墙，偷试一下阿里巴巴那句神奇的咒语。有时门动也不动，有时则会忽然就开了，里面走出的人，看到了一个正偷笑的孩子。而墙呢，自然永远是墙，不会开出门来。尽管如此，那孩子仍会笃信，电影里发生的"芝麻开门"，是真的。

很多年以后，我给自己的孩子讲故事，说到"芝麻开门"时，发现他听得很神，觉得很神奇。"是真的么？"孩子问。他的神情让我想起当年自己的样子。"是啊，阿里巴巴有这个能力。"等孩子睡着了，出神转念之间，我有种莫名的感动。为什么会这样呢？其实，我并不只是觉得，像个孩子那样，单纯地信了传说中的事是美好的，主要还是在那转念的瞬间，觉得这世间的万物，可能都有自己的"门"，会为某句话，瞬间敞开。

书也是如此。

或许有人会问，难道书不就是那么敞开的么？当然不是。每一页都是一道墙。有多少页，就有多少道墙，它们组合在一起，就是一个迷宫般的存在。当然这里说的，是真正的书，它有生命，也有灵魂。它有气息，味道，声音，光亮和幽暗，它是活的肌体，是生成的，还会继续生长下去。它体内隐藏着它的原点，一句话，或一个词，也可能是个瞬间。你找到了，它就会自然敞开，给你无限的宝藏。每本真正的书，都有开启它的那句"芝麻开门"。

十九岁时，我在书店里看到一本《博尔赫斯短篇小说集》(上海译文出版社 1983 年版，王央乐译)，当时还不知道这位老态龙钟的阿根廷人是何许人也。买了它回去随手翻看了几篇，竟没看懂。心想，阿根廷怎么可能会有好的作家呢？就丢开了，这一丢，就是五年。我在这五年里不知看了多少书，各种各样的体裁与风格，都是云里雾里、似懂非懂。直到读了海明威的《尼克·亚当斯故事集》，从《三声枪响》读到《大双心河》，放下书，尼克独自在溪流中钓鳟鱼的场景仍在脑海里萦绕，甚至鼻息里还有香蕨木细枝在背包带下被磨碎的香味……我忽然觉得，这本书为我敞开了。尼克就是我。我知道它是怎么写出来的，知道海明威跟塞尚学描写风景是怎么回事儿了。

有天下午，我从工厂里溜回家中，在书架里随意抽出书来翻看，最后翻出了那本《博尔赫斯短篇小说集》。我蹲在那里，一直看到天黑。这一次，都看懂了。从《交叉小径的花园》到《南方》《圆形废墟》，不管博尔赫斯如何变着法儿地叙事，它们都在为我敞开……这不是故事，而是某种声音，就像博学神父的祷词，独自对上帝的告白……我知道，那些人物在寻找什么，为什么困惑，跟他们相关的一切，都可理解为博尔赫斯脑海里的钟声与回响。是的，它们只是结构对称而又迷幻的花园，是永远交错往复的回廊……而所谓的"故事"，不过是穿行其中的风。但神秘的不是风，而是风过之后留下的空间、时间。更为神秘而又迷人的，则是你与这时空的感应。

　　我发现了什么？简练有力的海明威，朴素神秘的博尔赫斯，他们文体风格的形成都自有其渊源。要想明白他们的方法，就要去看透作品背后隐藏的线索——哪些作者和作品深刻地影响过他们？而这些作者与书的背后，也有各自的线索。当所有线索逐渐贯通在一起时，阅读的自由才会真正降临。所有的线索都是道路，它们纵横交叉如网，每条道路都通往一个广阔的世界，每一次交叉都有可能会引发对不同方向的选择。一个写作者，跟普通读者所不同之处，在于他不是要从这些道路里选出一条自己的，而是要通过领悟那些道路的生成之理，去找到走出个人写作之路的方法。

　　写书评，很能考量一个写作者的阅读和写作的能力。一个好作者在面对自己喜欢的书时会说不出独到的真知灼见，而只能说些大路货？这是无法想象的。只要听一个作者如何谈论他喜欢的书，就可以断定他写的书是否值得阅读。一个好作者一定是个好读者，一定是个发现者。他不仅能找到让一本书敞开的"芝麻开门"式的秘语，还能让人知道到底有哪些宝贝藏在洞里，它们究竟好在哪里。

他绝不会像个导游那样举着小旗拿着喇叭带着大家按照规定好的路线从头走到尾，用熟练的套话塞满大家的耳朵和脑子。他只会提醒你，每本好书在本质上都不可能是公园或景区式的存在，它们永远是需要探索和发现的无人地带。只有丢开任何意义上的成见，打开自己的感官与想象，才能找到属于你自己的那道无形的"门"，以及令其自动开启的秘语，进入一个无比广阔的天地。

好的书评会让你感觉到一个人对一本书的热爱甚至迷恋，它不是一种无法克制的倾述，而是一种凝视，是一种倾听。它不是让你狭隘地沉湎纠缠于细枝末节的肤浅趣味，而是让你能恍然明白结构与生成的秘密，去试着触及作者的心思与灵魂的所在，并发现隐藏在字里行间的沉默的存在与意义，还有那些难以言说的不确定性与可能性，以及文字内在的微妙节奏和韵律。

从这个标准上说，收集在这本书里的书评，都还只能算是我在面对那些我喜欢的书时所做的一些最基本的尝试。不管我有多么的认真，都不能掩饰它们本身的随性而发与浅尝辄止的特征。对于我来说，如果它们能引发读者去关注并阅读与之相关的书，那么我的目的也就达到了。每次去重读它们提到的那些好书时，我都会为自己写下的评论文字中令人震惊的盲点而惭愧不已。在此我只希望，读到它们的人能迅速地从它们转向那些书，并忘了它们。因为归根到底，通过它们，我所做的很可能就是类似于默念"芝麻开门"的事儿，通过它们，我只不过是又一次表达了对那些好书的发自内心的热爱与怀念。

赵　松

2019 年 5 月 14 日于上海

目　录

contents

巴黎如何是忧郁的

——关于波德莱尔的《巴黎的忧郁》①

  这件奇异的东西还没有成形时，他就想到了蛇。也可能更早些，那"恶之花"还没结朵的时候。在他看来，恐怕再没有比这撒旦同谋的意象更适于概括他的文字特质了。那些幽凉细腻的鳞片，那柔韧的奇异肢体，充满蛊惑力的隐约气息，被诱惑者逾矩的强烈快感……这个灵光中自然浮现的意象令他兴奋不已，就像撒旦念及伊甸园里那两个人后所感觉到的一样。

  波德莱尔在《阿尔塞纳·乌塞》中说："这里一切都既是头又是尾，轮流交替，互为头尾。我请您注意，这样的组合给予我们多么值得赞叹的方便啊……我们可以随意切割，我是梦幻……我并不把

---

  ① 本文所使用《巴黎的忧郁》中的文字均出自［法］夏尔·波德莱尔：《巴黎的忧郁》，上海，上海译文出版社，2013。

读者的倔强的意志系在一根多余情节的没完没了的线上。去掉一节椎骨吧，这支迂回曲折的幻想曲的两端会不费力地接上。把它剁成无数的小块吧，您将看到每一块都可以独立存在……描写现代生活，更确切地说，是一种更抽象的现代生活……没有节奏和韵律而有音乐性，相当灵活，相当生硬，足以适应灵魂的充满激情的运动、梦幻的起伏和意识的惊厥。"

真正令他兴奋的还不只这些。作为通灵者，与撒旦不同的是，波德莱尔在这种文字状态里往往会近乎天真地表现出乐观的一面，尽管这乐观如此短促，电光火石，其背景的底色通常又是冷酷的。他将它们并置在一起，就像将流星与夜空并置那样，用微不足道但瞬间滑过的闪烁之光对应那恒久寂静的宇宙。

如果说人类的两位祖先因蛇的引诱而违背上帝意愿吃了善恶之果，被逐出纯洁宁静的伊甸园，陷入充满艰辛苦难的尘世，那么在波德莱尔那里，则会认为伊甸园不过是母腹的一种象征而已——人的降生就是被逐的过程，而天堂不过是人的大脑，地狱是人的身体，炼狱则是人的心。假如说这个降生的过程注定要出现两次，那么波德莱尔的后一次注定是主动跃入包含了地狱、炼狱、天堂等一切因素的那个现世中心——巴黎。在此过程中，他的处境更像以引诱使原罪成为事实的那条蛇——它受到上帝的责罚，只能用光滑的腹部在粗糙尖利的地面上爬行，没错，他看起来也差不多就是如此，他满怀激情，不知退缩，不断前行，以至于遍体鳞伤、时常苦痛不断，有时忍不住会发出呻吟，可是毫无退缩之意，而事实上他也掌握了这种独特的生存方式，把自己的每个伤口都化成细小鳞片，变成最细小灵活的足尖，即使在最粗粝之地也能应付自如。有别于撒旦的是，他，波德莱尔，一个以浮云为理想的穷诗人，从来就没有什么阴谋，也没像他的"偶像"撒旦那样总想着要去跟上帝作对。正像后来他的某些传记作者所猜测的那样，其实他骨子里一直就是个基督徒，跟他深爱的母亲有着同样的信仰。可能也正因如此，他执着于歌颂的，才恰恰是撒旦的力量与精神。

在这里，不能不先提那篇《慷慨的赌徒》。波德莱尔虚构了一个与魔鬼相遇的场景，称魔鬼为"一直想认识的人"，还能一下子认出他，并为这种敏锐眼光而有些得意，他跟随着这个地狱的主宰，到了一个赌场似的地方，在那个地下室里，酒醉之余，"以一种充满英雄气概的轻松和愉快输了灵魂"。这倒不意外，无论是出卖灵魂，还是卖掉别的什么东西，在巴黎都不算什么新鲜事，包括他声称"灵魂是一种不可捉摸、常常没有用、有时是碍手碍脚的东西，这次输了，还不如在散步中丢了名片那样令我不安"都算不上什么新奇怪论。最有意思的，还是他与撒旦的那种聊天方式与过程，还有最后的结果。而撒旦呢，还是那么喜欢将"奇怪的无聊之病"归结为"种种疾病的原因"。

作为真正的诗人，他清楚，蛇，不，应该说这本"蛇之书"，巴黎与撒旦间的信物，是一种特殊的富有灵性的神秘形式。它既是时间本身的变形，也是欲望的投影。你可以切断它的身体，反复地切割，但它仍旧不会真的被毁灭，还会找到某种方式，恢复为一个整体。它的能量总是能把上帝创造的那个近乎完美的伊甸园烧出无形之洞，通过它，把那个完美之境轻易就毁了，让那两个最初的人惊醒，从而拥有了人的意识。它从始至终都是诡异的挑衅者，灵魂的入侵者，一个成心破坏宁静与纯净的家伙，它喜欢沉湎动荡之中，喜欢飘浮不定的生活，就像他喜欢"世界之外的任何地方"。

如果说"恶之花"里的毒素还只是意象、幻觉、噩梦的烟雾或火焰状的存在，那么在这里，有的就是烧得正红的炭、忽然绽放的火药、被雷火击碎的石头、瞬间熔化又凝如黑铁的时间、令人着魔的多汁的肉体……还有寂静，那一切景象过去之后，躺在那里，一个人，仰望远去的浮云时的那种寂静。他知道，自己将要成为的，是一个永远的异乡人，一个解不开的谜。对于他来说，父母、兄弟、姐妹、朋友、祖国、金子都成了身外之物了，那么他爱什么呢？他在《异乡人》中说："我爱云……过往的云……那边……那边……奇妙的云！"

显然，安稳地留在某个地方，做一个有身份的人，一个有着平静的日常庸俗生活的人，对于他来说无异于另一种死亡。他需要的是那些强烈的东西，思想或行动，鸦片或酒精，短暂的爱情，欲望之火，还有就是这一切之中最难发掘的残酷之美。他在《艺术家的悔罪经》中说："无论是出于自我，还是从事物本身涌出，都立刻变得过于强烈。快感中的力给人一种不安和有益的痛苦……自然啊，你这冷酷的媚惑者，你这战无不胜的敌手，饶了我吧，不要再引动我的欲望和骄傲了！对美的研究是一场殊死的决斗，艺术家恐怖地大叫一声，随后即被战胜。"

四周的光线在散去，天空向下低落，而世界隆起，在黑暗中交汇融解，似乎整个宇宙都可以平静地落到他的脸上。"这是波德莱尔 40 岁时的肖像。一张有力的脸，在嘴唇之下和眼睛之下，有深深的凹陷。下巴很光洁，两颊上略微上了色，额头露出，头发长而且呈波浪形，向后梳去。这是一张可怕的脸，既像一位演悲剧的演员，又像一位主持黑色弥撒的神父。——他的神情高傲，嘴唇向两边下塌，呈现出明显的深沟，眼睛睁得很大，眼光中既带着讽刺，又在深深地探寻，更增添了高傲之态。整个头几乎与真人一般大小，背景是浅绿色的，更增强摄人心魄的一种悲哀之感。"①

他是夜晚的歌者，不停地吟唱黑色的浓烈歌曲，就像他的手通过那些肉身盛开的女人去赞颂世界。他需要在残酷的生中不时去体会"午觉是一种甜美的死，睡者在半醒的状态体味他的消亡的快乐"。他深知为了抵达最高的天宇，自己唯有毫不犹像地向下飞行，那样的沉没、下降、堕落的过程不过是剥去了多余而虚伪的外壳，因为它是那么的坚硬且防火，要破开它需要很多方式，既要有锋利地刺破、切割，也要有硫酸液的浸泡腐蚀，还要有更多的耐心，可以让他安静地火中取栗。他就像是世界上最后一位诗人，于他，最高的目标是沉醉，即使在最大的不幸中也要有最深的沉醉，只有如此，才能在已完整呈现的深渊之上保持审美的平静，使他的沉醉可以无限延续。

那么，巴黎为什么会是忧郁的呢？"在一个大城市里什么古怪的事情没有呢？"忧郁，这样的说法，对于一个巨大而芜杂的城市来讲，是不是显得有些一厢情愿的矫情？是因为它制造了浮云般存在

---

① ［法］克洛德·皮舒瓦、［法］让·齐格勒：《波德莱尔传》，513 页，上海，上海人民出版社，2007。

的"异乡人"，以及相对应的那种孤独？还是因为它有太多能集中体现法兰西精神的虚伪浮夸地向驴子鞠躬的慷慨愚蠢的绅士？还是因为它那里掺杂了过多的"欢乐、收益和放荡；到处是确有第二天的面包；到处是生命力的狂热的爆炸"？或是因为每个日子里"无罪的娱乐是如此之少"？还有什么比那种郁结不散的气息更加神秘难解呢？这里，一切都显得过于黏稠而浓烈了。只有掌握了某种灵魂化学秘密的人，才有能力在这里的某个时刻里稀释出纯净的天宇。

是的，在巴黎这座城市里，波德莱尔就像炼金术士，于毒气弥漫中提炼出灿烂的金子，并让巴黎在欲望的烈火中逐渐显露废墟的本质。他如此骄傲，就像重新收复了尘世的撒旦那样，昂着宽阔的额头，他的花白头发要比那遥远山峰的雪线神秘动人，然而在某些时段里，他又脆弱得如同一朵深蓝的大丽花，经不得一阵街头裹着灰尘垃圾的风，随时有可能凋落在尘埃里，而在此之前，他又是最绚丽的，以前所未有的力量，散发着魔幻的光芒。

蛇的意象的确意味着某种下滑或坠落。从诗歌滑向散文诗，再从散文诗滑向散文，最后滑入了小说的疆域。很快的，你会在这复杂多变的文本里碰到很多后来者的基因：兰波、卡夫卡、瓦雷里、纪德、博尔赫斯、加缪、佩索阿……甚至还能在与他年纪相仿的惠特曼的作品里发现某些亲缘气息，还有后来更晚些的拉什迪那里，也有他的某些风格的影子。这里的篇章，有的像完整的奏鸣曲，有的则像随手写出的小练习曲，或嬉笑，或沉思，或调侃嘲弄，或沉醉，或感伤，或超然物外……与其同时代的作家相比，波德莱尔天启般地早早就拥有了创作所需的想象力与自由表述的能力，也没有哪个作家能像他这样挥洒自如地摆弄那些富有灵性的文字与诡异的意象，无论轻重缓急、进退沉浮，都如呼吸般地把各种形式的微妙变化统统掌握。

在那篇典型的博尔赫斯式的故事《英勇的死》中，通过方西乌勒这个古罗马的丑角，他道出，"艺术的沉醉比什么都适于掩盖深渊的恐怖；天才可以在坟墓旁边带着一种阻止他看到坟墓的快乐表演喜剧，仿佛他沉浸在一个天堂里，排除了一切坟墓和毁灭的观念"。而当那个天才的喜剧演员在表演成功的喜悦中沉醉之时，出人意料的是，一个受暴君指使的孩子故意发出的尖厉的长长嘘声，把方西乌勒从梦幻中惊醒了，他在嘘声的余响中倒下，死在后台上。

艺术家就是这样的"脆弱"。他所营造的沉醉状态与梦幻境界固然是奇妙的世界，但在现实面前，仍旧是非常脆弱的，竟然可以在一个小孩子的嘘声里丧失"法力"。因此他更加重视幻觉的作用，在《绳子》的开头他这样写道："幻觉也许和人与人之间、人与物之间的关系一样是数不清的。当幻觉消失，就是说，当我们看清人或者事原原本本的样子时，我们会有一种奇怪而复杂的情感，一半是对于消失了的空想的遗憾，一半是在新颖和真实的事实面前的愉快的惊奇。"如果没有幻觉，也就没有幻觉消失后的那些奇怪而深刻的感受了。他当然也很在意那种沉醉的状态，"应该永远地沉醉。这就是一切；这是唯一的问题。为了不感到时间那可怕的沉重，它压断了你的肩膀并把您向地下弯曲，您应该不停地沉醉。醉于何物？美酒，诗歌，还是德性，随便。但要沉醉。如果有时在一座宫殿的台阶上，在沟壑的绿草上，在您房间的忧郁的孤独中，您醒了，醉意减弱或消失了，那么您去问风，问浪，问星，问鸟，问钟，问所有逃逸的东西，问所有呻吟的东西，问所有滚动的东西，问所有歌唱的东西，问所有说话的东西，问问几点了；风，浪，星，鸟，钟会回答您：'是沉醉的时候了！为了不做时间的殉葬的奴隶，沉醉吧；不断地沉醉吧！醉于美酒，诗歌，还是德性，随便。'"

还有梦，这是他的另一个魔法之源，他用那些奇妙的花朵来比喻梦，"无与伦比的花，重逢的郁金香，讽喻的大丽花，不是应该到那里去，这个如此宁静、如此多梦的地方，生活和开放？你难道不会被你的相似性所环绕？你难道不会映照在你自身的应和中，像神秘主义者所说的那样？梦！永远是梦！心灵越是宏阔和精致，梦就越是使它和可能远离。每个人都带着他那一份天然的鸦片，并且不停地分泌和再生，而且从出生到死亡，我们有多少个小时是充满了实在的享受、成功和果断的行动？我们是在我的精神所描绘的图画中、在与你想象的图画中生活和度日吗？这珍宝，这家具，这豪华，这秩序，这芬芳，这神奇的花，就是你呀。这也是你，那阔大的江河，那平静的运河。那些它们负载的巨大的船，满载着财富，升起劳作时单调的歌声，这是我的思想，或沉睡，或在你的胸膛上滚动。你轻柔地把它们引向大海，它就是无限，一切都在你美丽的心灵的透明中反射着天空的深邃；——而当船在浪涛中疲倦了，装满了东方的物品，回到了始发的港口，这还是我丰富了的思想、从无限中向你飞来。"

"他是第一个通灵者，诗人之王"(兰波语)，然而他也是个天生的挥霍者。不管是什么东西，都可以成为他的挥霍对象。比如，财产，在早年，他曾经得到过相当数额的父亲遗产，但不到两年就挥霍殆尽了，不得不接受亲人委托者来监护。此后的他长期处于负债的状态里。他几乎不停地欠下新债，同时又很少偿还旧债。被债主们缠住不放是很常见的现象。比如，身体，他很早就染上了梅毒，说不定什么时候会发作一次。神经痛也在时不时地折腾他，使他不得不经常借助鸦片与酒精的力量止痛。他的胃也彻底坏了。比如，感情，他一辈子都在亲情、爱情、友情之间缠杂不清，忽而冷酷，忽而热烈，一时能近得烫人、一时又能远得不见踪影……只要能让他身体与灵魂保持着活力、想象力与创造力，那么他就能将一切都挥霍干净。

但他如果仅仅如此，那就不是他了。他是个创造者。他早就发现了创造的秘密。对于他来讲，任何事物都没有资格禁锢他的灵魂，自由自在地游荡，才是他最理想的存在状态。他对学院派的缪斯是厌恶的，称其为"一本正经的老太婆"，毫不客气地让其滚开。他宁愿去成为赞颂那居无定所的、贫困的、随时会受苦难的野狗的诗人。

《巴黎的忧郁》的完整版是在波德莱尔死后才出的。对于向来渴望"世界之外的任何地方"的他来说，肉体的枯竭与心灵的爆炸应是同步出现的，他的心灵冷静地对他说："无论什么地方！无论什么地方！只要不在这个世界上！"当然，他做到了。当然，他从未放弃过。直到最后，他仍不忘回归他母亲的信仰，寻求某种忏悔。这与他的文字，也是一种对称。

那么，最后十年他是怎么过的呢？郭宏安在"波德莱尔年表"中指出：“1857年，《恶之花》初版，诗集被当局审查，勒令删除其中六首。与萨巴蒂埃断交。继父去世，开始公开看望母亲，而此前与母亲的会面总是偷偷摸摸的。1858年，回到母亲身边居住，经济困难。1859年，出版《1859年沙龙》，精神日益不安。1860年，出版《人造天堂》。1861年，再度企图自杀。《恶之花》再版，删掉了六首诗，增加了三十五首。申请做法兰西学院院士候选人。1862年，退出候选，健康不佳。1863年，《小散文诗》初版，波德莱尔死后，结集出版时称《巴黎的忧郁》。1864年，以《巴黎的忧郁》为题发表五首新的散文诗。赴比利时巡回演讲，遭冷遇。出版与赚钱的计划落空。写《比利时讽刺集》。1865年，写《可怜的比利时》。病情恶化，回巴黎。1866年，参观比利时圣-卢教堂时突然跌倒。失语，半身不遂，被送回巴黎，进了疗养院。1867年，去世。”

波德莱尔去世的那天，正值盛夏，还是个周六。遗体不能停放太久。葬礼安排在周一。据可靠资料证实，波德莱尔去世时是被行了圣事的，请了忏悔师。在死亡证书上，他获得的头衔是“文人”。最后，他的骨灰与他继父奥毕克将军的放在了一个墓穴里，后来他母亲的骨灰也放在了那里。在他死后，媒体开始大谈他的奇闻逸事，就像他的一位朋友所概括的那样：“所有人，不管是矮子还是胖子，都向公众说，他们跟波德莱尔很熟，而且他们早就料到他疯了……”

一天上午能回忆什么？

　　普鲁斯特没有过去。当他倾尽所有，将自己的生命化为文学的存在，《追寻逝去的时光》就是他的不死之身，是他的"创世纪"，也是他的永恒现在。对于这位雄心勃勃的哮喘病患者来说，时间并非一条可以溯流而上的长河，他要做的也不是逆行追忆，而是要从"现在"深入记忆与想象之海，去寻找、发现、拯救那些被过去囚禁的事物，不仅要使它们重新发光，还要使它们在生成大教堂般的复杂结构过程中成为全新的存在。

　　他要以此摆脱生命的必死性，进而获得精神意义上的永生。然而，这种解脱并非一蹴而就。在开始写作《追寻逝去的时光》之前，他经历过漫长的沉溺、迷惘与等待。最后让他得以撬开出口之门的，是《驳圣伯夫》（又名《一天上午的回忆》）①，它有些部分像小说，有些部分则是评论，归根结底，它是"作品"，是通往《追寻逝去的时光》的必经之路。

对于那些想起那七卷巨著就望而却步的人们来说，这本小书无疑是个理想入口。它意味着普鲁斯特式的时间观念，对文学神圣性的洞察与苛刻。在这里，普鲁斯特就是想把圣伯夫——这个曾让波德莱尔等人低声下气的老家伙剥光，把他的那些傻话、虚伪、错误的评判，以及陈词滥调都挑出来给你看。你知道他是苛刻的，却又不能不被他的敏锐言辞所打动，他所做的不只是为那些被误判的天才们辩护，更主要的，还是要扭转人们习以为常的理解、评判的方式。

原本给人以绅士庄重印象的圣伯夫式评论，在普鲁斯特的聚光灯照射下转眼就变得不堪入目，似乎圣伯夫犯的是不可原谅的道德错误，而不只是一家之言。他是如此之锋利，但他又是内敛而柔软的，甚至隐含着某种过敏脆弱的气息。他那弥漫式的缓慢流动的文字，可以令你不知不觉地沉湎其中，好像里边包含着某种不为人知的让人食之成瘾却又不会致命的毒素。

"对于智力，我越来越觉得没有什么值得重视的了。我认为作家只有摆脱智力，才能在我们获得的种种印象中将事物真正抓住，也就是说，真正达到事物本身，取得艺术的唯一内容。智力以过去时间的名义提供给我们的东西，也未必就是那种东西。我们生命中

---

① 本文所使用《一天上午的回忆》中的文字均出自［法］普鲁斯特：《一天上午的回忆》，上海，上海文化出版社，2000。

每一小时一经逝去，立即寄寓并隐匿在某种物质对象之中，就像有些民间传说所说死者的灵魂那种情形一样。生命的一小时被拘禁于一定物质对象之中，这一对象如果我们没有发现，它就永远寄存其中。我们是通过那个对象来认识生命的那个时刻的，我们把它从中召唤出来，它才能从那里得到解放。"

普鲁斯特在序言中就是这样起笔的。这段文字值得特别注意，因为涉及几个关键的概念。比如"智力"。或许在其个人辞典里指的是那些常识范畴里的知识性思考。还有"印象"。这是感觉与记忆共同的产物，而不是凭空想象。没有平白无故发生的印象，只有在感觉与具体"事物本身"发生某种关系时，才会有印象生成。普鲁斯特的目的，是要使"感觉"的重要性达到"摆脱智力"的程度。因为"智力"所能把握的，只不过是些平常的事物，而不是那些独特的可以使记忆鲜活地寄存其中的事物，"智力"无力"召回过去的印象感受作为艺术的内容"。只有"感觉"才能重新发现那些特殊的事物，并能引燃那些已处于黑暗中的火药般的记忆，爆发为灿烂无比的焰火，从而照亮并炸开那些逝去的时间，使之变成新的"现在"。若不能摆脱"智力"，就算我们拥有全部的记忆，过去也仍旧不过是个幽暗难明的世界。

另外，普鲁斯特说"摆脱智力"，而不是抛弃，显然他并不是要把"智力"逐出艺术。他要做的是把"感觉"置于至高的地位，而将"智力"放回"低下的层次"。他清楚，"出于智力的真理即使不如前面所说感受力的秘密那么值得重视，但也有其值得重视的方面。一位作家只能是一位诗人。我们这个世纪最伟大的作家，在我们这个并不完善的世界，以及出现在这个世界上的艺术杰作，也不过是伟大才智遇难沉船漂散在水上的一些残留物，即使是这样，将散见于外的情感之珍宝借助智力的网络紧密连结在一起的仍然是他们。如果人们相信，在这一重要问题上，人们没有认识到他的时间中那些最为美好的时刻，那么，破除怠惰迟钝，感到有必要说出他亲历的时间，这样的时刻必将到来。……我在开始谈到智力所处这种低下层次的性质，对于艺术家来说，也许是最为重大的问题。"

在这里，他强调了"智力"的组织网络作用。而这种作用，对于感觉、印象里的过去时间的生，显然有着不可轻视的作用。然而他这样做的目的，并不是要对"智力"既推又拉，"而智力这种低下层次的地位，依然需要智力给以确立。因为，如果说智力不配享有崇高的王冠的话，那么，也只有智力才能颁布这样的命令。如果智力在效能的等级层次上居于次要地位，那么，也只有智力能够宣告本能处在首要地位。"在指出"智力"的功能性意义的基础上，他要引出两条线索，一条是对圣伯夫批评方法的批判，另一条是对这种感觉触发式的追寻过去时间的文学创造。

在写这本书的过程中，他压抑着某种兴奋——他意识到了那种属于自己的写作方式。以前的他只能算是一个有天赋的"仿作者"，那些写作尝试从没能让他感受到如此强烈的冲动。无疑，这种冲动对于他而言意味着发现。他知道，必须在克制中以不张扬的描述使这种新方式慢慢呈现出大致模样。他花了七章不到的篇幅体会了一番"追寻逝去的时光"的手法。就像一个指挥家，他马上就要组建起自己的乐团了，他已触及几个关键乐器，他的手指在克制中随意地抡动出几个似乎还不很规范的旋律，而它们其实已透露未来交响曲里的一些重要因素和构成方式。

他毫无顾忌地展现了自己的敏感、细腻和脆弱，并在那些小规模的"追寻过去的时光"中展现其独特的角度与方式，由此引发的更大规模的想象与重生，仿佛洪流般的强烈浪涛声已在近处回荡了。他发现的，是以重新发现的过去的碎片重建崭新的现在世界的方式。而任何新的创作，都必然暗藏新的批判方式，任何创新都是对成规旧律的有力批判。在这里，普鲁斯特来了个声东击西。用一个小作品，预言了一部巨著，用一种混搭的作品样式，预言了一种新小说的出现。当然，也正因为是批判的，所以这预言反而显得更为隐晦。普鲁斯特母亲有意说给他的那句话是有非常智慧的，当时他正急着想向她透露关于圣伯夫的文章的内容。母亲是这样回答他的："就当我不知道，去写吧。"

当普鲁斯特用《圣伯夫的方法》为名开始批判的时候，应该也清楚，换个角度看，从这些批判文章中同样可以推出一篇《普鲁斯特的方法》。当然，在批判圣伯夫的过程中，他的那些方法是隐藏在下面的，就像地下河，暗自流动。现在来看圣伯夫进行文学评论的角度与方式，其实更近似于一个社会学家、一个传记作家，因为他是如此关注作家日常生活中的细节与逸事、种族血统、家庭环境、早期教育还有社交等因素，以至于把作品本身放在相对次要的位置上，最为关键的一点，就是对作品独立性的忽视，更是对"作者自我"与其"日常自我"的差异性的忽视。而在当时，圣伯夫先生却以此成为文学界的权威。

普鲁斯特写道："一本书是另一个'自我'的产物，而不是我们表现在日常习惯、社会、我们种种恶癖中的那个'自我'的产物……这另一个自我，如果我们试图了解他，只有在我们内心深处设法使他再现，才可能真正同他接近。我们心灵的这种努力是任何东西都不可能驱散的。"这种说法很耐人寻味。在日常生活状态下，人们是极易忽略那"另一个自我"的存在的。人们常常搞不清楚哪个"自我"是"日常自我"，哪个"自我"是"作者自我"，人们更习惯于用"日常视角"去试图抵近一个作者的创作秘密，而正是这种角度与方式的错误，导致了人们总是从日常层面出发，对作者发生种种误解、苛责，或莫名的纵容。

还有一点很值得注意，普鲁斯特着意强调了文学与科学的不同，以及作家的真正处境，"在艺术领域（至少按科学的本义而言），并不存在什么创始者、前驱之类。因为一切皆在个人之中，任何个人都是以个人为基点去进行艺术或文学求索的；前人的作品并不像在科学领域那样构成为既定的真理由后继者加以利用。在今天，一位天才作家必须一切从头开始，全面创建。他并不一定比荷马更为先进。"

这种观点无异于给那些持发展进步观念的文艺批评家们泼了冷水。如果说这还有些大而化之，那么针对圣伯夫那种谈话式文风，普鲁斯特对文学工作的定义则更为具体深入："文学工作是在孤独状态下，让对他人说的同时也是对我们自己说的话语都沉默下来，这类话语尽管为我们所独有，但其中并没有我们自己，我们就是用这种话语判断事物的，在这样的情况下，我们需要面对自己，全力倾听、努力表达我们心灵的真实的声音，而不是谈话!"

为了更深入地批驳圣伯夫，普鲁斯特精心选择了自己喜爱的三位作家：奈瓦尔、波德莱尔和巴尔扎克作为例证。当一个人获得了某种权威地位，又是个自以为是的人，就很容易会不时说些看似轻松而又不失尖刻的蠢话。圣伯夫在评价奈瓦尔时就是这样的："热拉尔·德·奈瓦尔，像是往来于巴黎、慕尼黑之间的旅行推销员……"尽管普鲁斯特也认为奈瓦尔的小说中"智力还是过多了"，但他还是通过对奈瓦尔在气氛、色调、梦幻般的回忆等方式的分析，发现了这位天才作家与自己创作的某种亲缘性。由此而写下的富有启发性的文字比比皆是。

"这些地名不是对现实时间的回忆形成的，而是出自这种新鲜感带来的欢欣，而其基质却是焦虑不安，这种欢欣就是那种所谓'奇妙的疯魔'……"

"我想任何感觉敏锐的人都能从梦幻留给我们的某种锋利尖点获得启示，'因为没有比"无限"更尖锐锋利的了'。"

"气氛并不在字词之中，也不是字词可以表达的，气氛存在于字里行间，像尚蒂伊的晨雾一样。"

"就是这许多值得人们祝福的上午，某种失眠开掘出来的上午时间，在一次旅行令人神志纷乱震荡中产生的这种时间，这是我们真正有血有肉的沉醉，罕见的机遇，它们像奇迹一般始终把那种种令人激动的色彩保留下来，梦的魔力就把这种种色彩纳入我们的记忆，就像收存在神奇的洞穴中，在那特有的气氛下再放出神奇缤纷的色彩。"

"如果我们试图通过分析我们的印象，以寻求印象的主观性，那样，我们就使形象和画面消散泯灭了。由于失望，我们借助那种叫作无从解释的梦，借助火车时刻表、旅行家的记述、商人的姓氏以及一个村镇的街道名称、巴赞先生的笔记（其中每一种树木都有名称），来给我们的幻想增加养料……"

如果说在奈瓦尔那里，圣伯夫的评论还只是流露出某种轻率自负的习气，那到在波德莱尔这里，他的陈词滥调及其自以为是的本性则一览无余，什么"可爱的小伙子""波德莱尔游乐场""受到重视＼让人看见"，等等。以至于写不到三页，普鲁斯特就忍不住这样写道："对于圣伯夫，不知多少次人们忍不住要骂出口：老混蛋，恶棍！"如此激烈的言辞出现在文学评论里，不免让人惊讶。由此亦可见文风细腻的普鲁斯特也有金刚怒目的时候。

令他无法忍受的，是圣伯夫式批评里的那些庸俗的东西。更让他难过的是，波德莱尔在面对圣伯夫这种庸俗时，竟表现出怯懦和局促的状态，因为他只是想得到圣伯夫大叔的一篇评论，而大叔从未真正满足过他。痛快揭批完圣伯夫之后，普鲁斯特掉头转入对波德莱尔作品的深入评述。他要用深入精辟的解析，展示什么是真正的评论。

他冷静地转述了波德莱尔在日常生活中的悲惨状态："他一直到死都是在愤怒之中：当他躺在床上，瘫痪不起，在痛苦中煎熬，他曾经怀着激情热爱过的女黑人又来找他要钱，这时他因失语症说话已经含混不清，只能急躁狂乱地说出几个字句，像是在骂人，他是在咒神侮教，诅咒曾经给他治病后来又离去的修道院院长。"然后笔锋一转，通过波德莱尔晚年的样貌特征，概括出这样一种令人惊叹的观点："实质上世界上只有一个诗人，从开天辟地之始，他的生命断断续续与人类的生命一样久长，只是在这个世纪，经历了痛苦而残酷的时间进程，这就是我们所说的波德莱尔的一生，经历了宁静而勤奋的时间过程，我们说这就是雨果的一生，经历了飘荡而又无邪的时间历程，这就是热拉尔·德·奈瓦尔的一生，或许这也是弗朗西斯·雅姆的一生，误入歧途并陷入偏离真理的雄心勃勃的目标，我们说这就是夏多布里昂和巴尔扎克的一生，既走上迷途却又高扬于真理之上，我们说这就是托尔斯泰的后半生，拉辛、帕斯卡尔、罗斯金，也许还有梅特林克，他们的后半生也相类似。"最后，他的陈述近乎布道辞般庄重："人的生命唱出的歌，有时是相互抵触的，在一部如此伟大的作品中，这又是很自然的，这一切都包容在'神秘的深沉的统一'之中，生命之歌又相互连通相互融合，这样，各个部分彼此可以相互认知，在我们心中，只要接受了它们，它们就能相互体认，'相互应和'。"

对巴尔扎克的重新认识，对普鲁斯特是个重要事件。至此，他终于透过巴尔扎克作品那粗糙表层和庸俗笔调，看到并理解了其力量的博大、包罗万象、充满激情与活力的特质，以及作品的多层次结构，并确认，这其实是"没有风格"的风格。而在此事件发生之前，他在文字上是异常挑剔的，是有洁癖的。此前他无法想象，正是令他轻视甚至厌恶的巴尔扎克，在不远的将来会给他以最有力的启发。如果没有对巴尔扎克这类力量型作家的再认识，而仍旧秉承其一贯细腻精致的文风，普鲁斯特几乎不可能写出《追寻逝去的时光》这样卷帙浩繁的小说。估计写不到一半他就放弃了，因为单是靠细腻精致，几乎不可能造就那么博大的作品。

实际上，把福楼拜跟普鲁斯特联系在一起是容易的。而把巴尔扎克与普鲁斯特联系在一起就特别困难，因为他们太不一样了。不过这恰恰说明，写作上的重大影响，往往就发生在表面上看风格大不相同的作家之间。从这个意义上说，理解巴尔扎克的写作风格对于理解普鲁斯特的觉醒是异常重要的。普鲁斯特就此写道："风格是转化改造工作的鲜明表征，是作家的思想对真实性所发挥的作用，对巴尔扎克来说，就风格本义而言，他是没有风格的。"

普鲁斯特精辟地对比了福楼拜与巴尔扎克在风格上的本质不同："福楼拜的风格，真实整体的各个局部整合为同一实体，各个侧面广阔展开，具有单一的光泽，其中绝不带有任何不纯的东西。各个侧面因此都有折光性能。任何事物都可以呈现，是映现，是决不会歪曲完整均质的实体的。任何不同的东西都在其中被转化并加以吸收。在巴尔扎克则不同，风格所未完形的各种成份同时并存，还没有被融合转化吸收，风格并不能暗示、反映什么，风格只是解释。风格借助最有力的形象进行解释，但不是将形象连同余下的一切融合起来，是形象使人理解他所要说的内涵……事实上，形象之美，其中是有思想的，不论思想是多么微不足道……"

他甚至喜欢巴尔扎克有些时候的粗野思维："巴尔扎克说：'荷马……与缪斯姘居共处。'"知道圣伯夫为此言辞而恼怒，他很开心地嘲讽道："那种玩玩文学艺术的观念是什么也创造不出来的。"这话看似针对圣伯夫这类人的，其实也是说给他自己的。因为通过巴尔扎克，他清楚地知道，唯有博大的力量、鲜活的形象与持久的激情，才能保证他去完成那座关于时间与记忆的小说大教堂的建造。他还特别指出了激情的价值："阅读巴尔扎克的作品，我们还会不断感受到那种激情，几乎可以说，那种激情需要给以满足，只有杰出的文学才能缓解我们精神上的这种激情。"不得不承认，疾病缠身的最后十几年中，支撑他写下去的，除了对文学本身的信仰，就是令人震惊的持续的激情。

这本小书，其实包含着《追寻逝去的时光》的基因图谱。它几乎透露了关于那部漫长巨著的多数信息，只不过它们是细微的，有意隐藏的，过多空白的。对照着去读这两个作品，会是件非常有意思的事。从中我们或许可以发现一些秘密，关于作品的生成，关于作者的基本思路。所以最后，我们可以拿《驳圣伯夫》里的《睡眠》与《追寻逝去的时光》的开篇段落对照一下，看看普鲁斯特是如何完成从一个准备阶段跃升到终极阶段的，体会一下那种微妙而细腻的转换是如何发生的。

在《睡眠》中，作者这样写道：

不知为什么，对于这一天清晨度过的时间的记忆，我总想把它固定下来，当时我是在病中，彻夜难眠，到第二天早晨才上床睡下，睡眠是在白天。不过当时那个时间与我相距不远，我希望看到那个时间再返转来，但是到了今天，那个时间倒像是另一个人曾经在其中生活过似的，就在这样一个时间过程中，我在晚上十点钟睡下，睡去以后，几次短暂醒来，一直睡到第二天清晨。我经常是一关灯就很快入睡，仿佛来不及对自己说我睡了就睡去了。同样，半小时过后，一想到应该是我睡去的时间，反而把我唤醒了：我真想把我以为还拿在手上的报纸丢开，说"时间到了，关灯，睡觉"，可是我又感到奇怪，黑暗布满在我四周，也许我的眼睛，同样我的知觉思绪一时还难以适应，对我的知觉思绪来说，这种黑暗仿佛就是某种无缘无故出现无从理解的东西，就真像是黑暗那种东西似的。

我又重新打开灯，看看是几点钟：午夜还不到。我听到远处火车驶去，汽笛长鸣，汽笛声勾划出空漠田野的空间广度，途中旅人在这月光洒遍的黑夜里正匆匆向着下一个车站奔驰，正在往自己的记忆中铭刻与刚刚分手的友人相聚时的欢愉，返程回家的喜悦。

《追寻逝去的时光》的开头段落是这样的：

很长一段时间，我睡得挺早。有时，刚吹灭蜡烛，眼皮就合上了，甚至没来得及转一下念头："我要睡着了。"但过了半小时，我突然想起这是该睡觉的时候呀，于是就醒了。我想把自以为还拿在手里的书放下，把烛火吹掉。方才睡着的那会儿，脑子里仍然不停地想着刚读过的故事，不过想的东西都有点特别。我觉得书里讲的就是我自己：教堂啊，四重奏啊，弗朗索瓦一世和查理五世之争啊，都是在讲我的事情。刚醒来的几秒钟，脑子里还是这么在想；这个想法和我的正常神志并不抵触，但像层雾翳似的遮在眼睛上，让我无从觉察烛火灭了。而后它变得费解起来，就像前世里的种种思绪、念头，经过灵魂转世变得无法理解了。书里的内容跟我脱离了关系，我可以关注其中的内容，也可以不去管它们。视力一恢复，我惊讶地发现周围是一片黑暗，这使我的眼睛感到温柔而惬意，而心灵也许更感到如此。因为对心灵而言，这片黑暗仿佛是一件没有来由、无从了解的东西，一件确确实实看不透的东西。我心想，现在不知是几点钟了；我听见从不算很遥远的远方传来火车鸣笛声，犹如森林中一只鸟儿的鸣啭，凸显了距离感。眼前展现出一片空旷的乡间景象，其中的旅客正匆匆赶往临近的火车站；独在异乡作客，迥非寻常的行止，记忆犹新的晤谈，夜的静谧中浮现脑际的灯下告别，归程前方等待着的温馨和亲情，这一切都使他心绪难以平静，这条小路因此也将深深地镌刻在记忆之中。①

---

① ［法］马塞尔·普鲁斯特：《追寻逝去的时光》第 1 卷《去斯万家那边》，5～6 页，上海，上海译文出版社，2004 年。

法国"新小说"之心

  曾经有过一张以巴黎午夜出版社的门口为背景的照片，里面松散地站着一些人物，这些人的表情姿态随意而平静，因为照片是黑白的，他们看上去似乎属于比他们身处的那个时代还要早一些的年代……现在，他们的名字在法国乃至世界文学当代史中占有重要的地位：萨缪尔·贝克特、克洛德·西蒙、娜塔利·萨洛特、罗贝尔·潘热、玛格丽特·杜拉斯、米歇尔·布托……当然，还有阿兰·罗伯-格里耶。

  在过去将近半个世纪的时间里，文学杂志与大众媒体乐此不疲地将这些名字置于同一个概念——"法国新小说"——里来反复谈论。同时还把这个强力反对传统文学的新文学"流派"的旗手称号戴在了罗伯-格里耶的头上。如今，关于"新小说"的争议早已烟消云散，甚至已销声匿迹多时了。那些名噪一时的文学反叛者们也都已作古。

尽管他们的多数作品始终属于少数读者而非大众，尽管包括很多评论家们在内的很多人至今也没能走出那种本质上的误解状态，但是文学史家们仍旧堂而皇之地将这些作者和作品一道收编到正史中。在他们的描述中，似乎这些当年的作恶者们最后都成了好孩子——他们拿了各种各样的重要文学奖项，甚至包括世俗社会最看重的诺贝尔文学奖。尤其意外的是，保守的法兰西学院还在 2003 年接纳这群作恶者的理论核心——八十多岁的罗伯-格里耶为院士，制造了一个古怪有趣的"大团圆"。

2008 年 2 月 18 日，法新社转发了法兰西学院发布的讣告，阿兰·罗伯-格里耶因心脏病发作在医院里去世，终年 85 岁。这回，他们真的应该松口气了。要知道这个人的那种离经叛道式写作直到不久前还在持续。他的活力真让那些脑袋上戴着文化光环的老古董们嫉妒而且揪心。现在，这颗"法国新小说"的心脏终于停止了那极具破坏力的跳动，安息了。而早已太平多时的法国文学，由此将变得更加太平。传奇般的"法国新小说"，也因此可以彻底尘埃落定了。

当媒体借此机会再次把尘埃中的"新小说"翻出来，我们马上就可以断定，他们的论调仍旧不会超出那些文学史家们的判断范畴。对于他们来说，这个早就属于过去时的盖棺定论过的现象再也不可能借尸还魂了，他们要做的只是重复已有的判断。而"新小说"这个字眼，会在短时间内以密集的方式再一次将人们的耳朵磨出茧子。然而，早在二十年前，罗伯-格里耶就在第二本风格奇特的自传作品《昂热丽克或迷醉》里拆解了这个人为的概念，他这样写道：

当然，新小说从来没有成为过一个流派，更谈不上有一种共同的文学理论。它作为一个作家集团的存在本身，从一开始起就被人提出异议……假如他们聚集在一起，那恰恰是由使每个人彼此相区别的个人发明精神所促使的，由他们共同的独立意愿所促使的：正是他们之间的基本区别，从一开始起，允许他们聚集到一起。确实，新小说(有其作品作证)远远没有服从于一种宗教式的法规，屈从于某种详细规定了种种清规戒律的写作法典，它始终在不断地寻求探索，每一个作家都必须在其中继续他的个人历险，一直进行到底，而丝毫不去考虑在符不符合共同规则，不去考虑在他为自己选定的特殊方向上变不变的问题。[①]

实际上，尽管像西蒙、杜拉斯这样的人物对于"新小说"都持明显的保留态度，但他们又都不得不承认，如果没有罗伯-格里耶所做出的充满策略性和智慧的论战，"新小说"是不大可能赢得后来的地位和影响力的，他们的作品也不大可能那么快就获得成功。罗伯-格里耶在20世纪60年代初所发表的那一系列富有战斗精神的极具杀伤力的文章(后结集为《为了一种新小说》)使"新小说"成为当时法国文坛的焦点现象，那些紧抱着传统文学价值观与欣赏习惯的老古董们不得不仓促应战，因为他们深切地感受到罗伯-格里耶等人的小说——尤其是罗伯-格里耶那些锋利的论战短文里所包含的文学观

---

① 本文所使用《科兰特的最后日子》中的文字均出自［法］阿兰·罗伯-格里耶：《科兰特的最后日子》，长沙，湖南文艺出版社，2011。

念，是要锯断他们屁股下面的树枝。而他们的激烈反击适得其反，不仅没把"新小说"打入地狱，反而促成了那些反叛者更为迅速地取得了意想不到的胜利。

当1985年的诺贝尔文学奖颁发给克洛德·西蒙时，很多人认为罗伯-格里耶、甚至是萨洛特更有资格获此荣誉。但在发现并促成了西蒙小说在午夜出版社出版的罗伯-格里耶的眼中，这是"新小说"的又一次胜利。事实上，这也是罗伯-格里耶敏锐而独到的文学眼光的胜利。在发现并推出"新小说"作家方面，罗伯-格里耶从来都充满了无畏的热情和富有责任心的坦诚。他清醒地知道，这些不守常规的作家对于总是习惯性地走向封闭、懒惰和腐朽的文学界而言意味着什么，对于发端于福楼拜，壮大于普鲁斯特、乔伊斯、卡夫卡等先辈的"新小说"脉络意味着什么。

在他看来，"使得这些孤独者凑近……的，是他们火热的激情，是他们对不断更新的、开放的和自由的形式之必要性的信仰，毫不让步、毫不后退的信仰，也就是说，是他们对从十九世纪初期留传下来的所谓'现实主义'叙事规范的拒绝，而就在不久之前，经院式的批评希望把这种叙事规范当作一个永恒的法规。"

站在今天这个日益世俗化、娱乐化的年代，去看"新小说"活跃并产生重要影响的那个时代，的确会有种不可思议的传奇感觉。作为一种文学现象，罗伯-格里耶等人的创作所产生的强烈影响至今仍是后无来者。晚年的罗伯-格里耶，曾不无调侃地对采访他的记者描述了那些从没读过他的小说的人带着崇敬的神情向他表达敬意的奇怪场景。还有比这更耐人寻味而又具有讽刺意味的吗？

鲜活而隐秘的新娘

—— 关于卡特琳娜·罗伯-格里耶的《新娘日记》①

卡特琳娜，留在照片里的这个小女人，总是在明朗的笑意中透露着天真好奇、微妙的野性和难以捉摸的诡异。她的带笑的眼神似乎在告诉你，又有什么东西被她看穿了，或者说又有什么日常生活里的界限被她轻巧地戳破了。那娇小的脸庞、纤弱的身材，曾让很多误以为她是她丈夫的女儿，是个未成年的少女。纳博科夫在巴黎初次见到她，就觉得她像洛丽塔，甚至邀请她去美国扮演这个角色……她写作，化名让娜·德·贝格出版的《图像》在1957年甚至被禁过。

她在很久以前写过日记。这一点连她丈夫都不清楚。要不是为

---

① 本文所使用《新娘日记》中的文字均出自[法]卡特琳娜·罗伯-格里耶:《新娘日记》，长沙，湖南文艺出版社，2008。

了丈夫传记的需要，她可能再也不会找到这些旧记事本。就像一小串不起眼的钥匙，它们出现了，"法国新小说"历史的那些隐秘的小门窗，被它们打开了，一些令人惊讶的景象随之出现，让我们看到了那些"新小说"派重要人物日常生活的面孔。当然最主要的，还是她与丈夫的隐秘生活，他给她的爱与自由、信任与偶尔的嫉妒，他们对世界的游历，她对死亡的恐惧，还有对那些快乐时光的分享。她的丈夫，就是阿兰·罗伯-格里耶。

有些事情会在冥冥之中相互呼应。当卡特琳娜的《新娘日记》中文版因南方雪灾而滞留在湖南境内时，她的亲爱的阿兰，在巴黎结束了人生旅程。罗伯-格里耶，这位被视为法国"新小说"旗手的作家，以其颠覆性的文学观念和大胆另类的作品实践在文坛掀起过富有戏剧性的巨大波澜，然而在其作品里却很难发现通常意义上的戏剧性，也很难辨析出其个人生活的影子，即便是在《重现的镜子》这样的自传性作品中也是如此，尽管他声称他"历来只谈自己，不及其他"。但这一次事情完全不同了。

这本《新娘日记》把新小说派地窖的盖板揭开了。那些深藏多年的绝少有人提及的私人生活场景，带着令人惊诧的光芒崭新出炉了。我们甚至可以想象，要不是心脏的原因，垂暮之年的罗伯-格里耶一定会非常激动。过去的生活竟然可以带着如此不可思议的陌生而又新鲜的味道在经历了漫长岁月之后重现眼前，于是他以一种温柔、克制而又平缓的语调写下了那封《给新娘的一封信》，并将它放在了这本书的后面，让人们感受到他对那些已然破碎了的往日时光、对自己的这个仍旧神秘的小妻子——卡特琳娜的深爱和难以言传的眷恋。

一切从 1957 年 11 月 1 日星期五，她在巴黎写下的第一句话开始："阿兰像一个孩子心里充满了爱。"我们能预感到，一个与以往印象里完全不同的但又与"新小说"、与阿兰·罗伯-格利耶密切相关的神秘世界被开启了。"到了 35 岁还这样可有些傻（或者不如说你自己感到傻；你认为别人就是这样看待你的）。"这个卡特琳娜的坦率，真的可以称得上是一针见血式的。"他跟我玩就像是在跟一个玩具娃娃玩。按照我们私下的'契约'，他是我的主人，而我则永远是他可以支配的小女奴。但是，看来他自己倒越来越变成了一个奴隶：他满足我的任何意愿，像一条小狗那样跟着我从一个房间到另一个房间，窥视我的反应。他总能找到一个借口来亲吻我，来抚摩我。他有了一个新的玩具，可以碰，瞧，欣赏，开心地玩；他的顽念得以放大。……但是他远不如他向我宣称的那样是个虐待狂。想到他可以让我痛苦——只要他愿意——这一点对他就足够了……他既想折磨我，又想抚爱我。担心会弄坏玩具，或者担心会让它太不高兴，这也许使他有所收敛。"

罗伯-格里耶的情感生活就像他的写作一样，不喜欢因循人们习以为常的方式，甚至有时就是个"性反常者"，至少也是对那种反常的性关系有着不一般的兴趣？熟悉其作品的人们或许还会联想到他中后期小说里不时出现的那些与性施虐有关的刺激而又不失寂静的场景，甚至可能会联想到他晚年作品《反复》中的那些任人摆布的女孩样的小玩偶。当然，也只有卡特琳娜能看到一向以冷静著称的作家罗伯-格里耶的另一面：一个"更有激情、更具感情的人。只不过，他隐藏得很好"。

从1957年到1961年，正是以午夜出版社为根据地的"法国新小说"开始取得节节胜利的时段。卡特琳娜记录了那些与胜利有关的一个个瞬间，"新小说"作家们的获奖，新作的出版，不断接受媒体的采访，四处举办讲座，还有研讨会，以及在电影领域的成功，甚至还有纷至沓来的商业利益……而比这些信息更有意思的，则是那些作家的日常言行。这其中包括她与午夜出版社传奇的缔造者兰东的暧昧关系，以及罗伯-格里耶基于反常性趣对她的某种纵容，她的好奇和被动，她的有些天真的游戏心态；罗伯-格里耶允许她去找自己喜欢的人当情人，甚至能耐心地听她描述过程中的一些有趣场景；他们在日本的时候还一同去观看不同风格的色情表演……这种开放度的夫妻关系即使在今天看来也是极其另类的令人震惊的，而更让人吃惊的，则是他们彼此之间始终都是那么的信任。

通过她的文字，我们除了知道她是个容易疲惫的、偶尔虚荣的小女人，知道她跟阿兰之间因为"戏剧性"的缺失而产生的危机，而阿兰又是个很容易感伤的人，有时候甚至会"悔恨，沮丧，准备放弃文学"，"他对萨罗特的书不感兴趣"；还知道对于文学，她的眼光敏锐甚至尖刻；还知道她对兰东的毫不掩饰的失望，对让·热内为人的厌恶，对克洛德·西蒙的轻视，以及为什么那张著名的午夜出版社门前新小说家全家福里唯独少了米歇尔·布托。

这部日记不是为了出版而写的。因而她才会毫不设防地写下自己的秘密、困扰、忧虑、反感，还有对周遭的人与事的真实评价。她或许从没想过这一切对于"新小说"的历史来说是多么的重要。也正因如此，现在看来她所记录下的一切才会显得如此的珍贵。

　　她是隐藏在罗伯-格里耶背后的作家，是能清醒地独立于阿兰以外的女人。她无意把日记变成持续地对日常之事的记录，因而才有了这部意外的后来的"作品"。日记里提到的很多人都已不在人世了，她的丈夫——那个了不起的跟她同样复杂而又温柔的阿兰也离开了她和他们的世界。她自己，在一如既往的自信中"平静老去"的卡特琳娜，也很老了，有一天也会死去。但是，她的为数不多的几本书将会继续活下去。这本新生的《新娘日记》，也会继续活在这个世界上。日记的主角，那个名叫卡特琳娜的新娘，将会始终保持着她的鲜活而又神秘的青春。

什么样的生活是物质的

——关于杜拉斯的《物质生活》[①]

　　这个女人，即使是脸庞衰老到逐渐模糊走形的地步，即使是因酗酒造成身心崩溃、濒临死亡，你也很难将她归入那种"老女人"的范畴。你可以从那些时间跨度极大的黑白照片里发现类似的表情与姿态，发现那些从脸庞上消失隐退的东西其实仍旧继续盘桓在她的体内，就像一头永远都不会老的小野兽，在这个话多的女人的那些短句下面睁圆了眼睛、表情天真而又诡异地逡巡来去。

　　有时候，你很难理解她的生命能量何以如此旺盛。在其生命后半段，她几乎在不停地探测自己的极限——她几次长期酗酒，完全不能自控地成为真正的酒鬼，甚至不得不住院强制戒酒，还曾像个

[①]　本文所使用《物质生活》中的文字均出自[法]玛格丽特·杜拉斯：《物质生活》，上海，上海译文出版社，2007。

精神病患者那样，因幻觉而持刀攻击护士。她在自身生命力逐渐衰落的阶段反而更为变本加厉地折腾自己的身体，崩溃了几次，却始终没有彻底毁掉，还能折腾下去，不能不说是个小小的奇迹。

当然，跟这种身体的小奇迹比起来，更重要也更值得关注的，还是她的写作。酗酒与写作，就像她体内的那头小野兽的左右手，交替舞动的过程中似乎刚好勾勒出她晚年的怪异而辉煌的轨迹。通过阅读她的这个奇异的轨迹，不难发现，真正能够影响她的生活的，不是时间本身的洗礼，而是其自身生命力的那种似乎永不枯竭的状态。即使她平静地写下"我已经老了"这个短句时，也仍是如此。

那些表情各异的男人坐在她的后面，年轻的似乎在聊天，老一些的在抽烟或观望什么，或者也可以说他们都在观望着什么，只是方向不同而已。他们有的穿着 T 恤衫，有的穿着休闲衬衫、夹克衫或者正统的衬衫还打着领结，而她，正咧嘴笑着坐在最前面，也有点像是蹲着的，左手握着右手腕，蜷曲着裸露的双腿，有碎花的衬衣袖子是挽起来的，脸庞仍旧是那样的小巧，而额头却显得明亮而宽阔。我喜欢她的这幅黑白照片。不知道是哪年留下的，可能是拍摄某部电影的间隙里的一个随意的合影，就在这本小书目录前面的那一页上，在这里，你能看到她最明朗的那一瞬间，而不是以前常见的那种犹豫、迟疑、沮丧、失神、自以为是而又有些冷漠的样子，也不是少女时代的那种娇柔得像百合花瓣式的样子，有种能让人忘掉其衰老的秋天般的美。

在漫长的生命旅程中，她似乎写了太多的书，还拍过一些电影，并出人意料地在晚年获得了巨大名声。玛格丽特·杜拉斯，这个出生在印度支那的法国女人，她的形象与名声在某些时候甚至能淹没她的那些作品。不得不承认，很少有哪个女人能像她那样在容颜老去之后仍能保持令人意料不到的生命与创作的活力，给外界以强有力的刺激与撞击，让人常常忽略了她的年龄。尽管她已写了很多、说了很多、折腾了很多，差不多到了要喋喋不休的地步，可是你仍会觉得她是个谜。她的那些小说、电影、散文作品，实际都在从不同的角度丰富着这个谜，尽管也并不是每一次都能做得很到位，尽管时有自我重复的嫌疑。只有这本书，《物质生活》，有资格以它的独特的敞开方式成为解开杜拉斯之谜的密码本。它是说出来的，而不是写出来的。

她是个容易焦虑和烦躁的女人，这显然与其童年经历有关。她深知这个弱点。当然这也是她的特点，所以她才会用说话与写作的方式营造某种临近寂静的状态，来抵御消解它们。当说与写都不再有效的时候，或者说无法进行的时候，她就会酗酒。她需要找到某种方式，使自己保持某种意义上的平衡，哪怕是短暂的。她不怕折腾自己，不怕身心的疼痛，但是她惧怕焦虑与烦躁，那是她灵魂里的阴影，永远都排解不去。

写作是她的光。很多时候，她努力寻找着它，并敏锐地跟随着它，就像飞舞的夜间昆虫那样，单纯而专注地飞向那里。她不想留在黑暗里。早期的写作，传统的，非传统的，总归都是在写作，她知道那是怎么回事。所以当评论者把她置于"新小说"作家行列的时候，她是不想接受的。实际上把她放在哪里根本都不重要，她自己深知这一点，所以她习惯于排斥那些命名的企图，习惯于表现得自以为是，甚至有些冷漠。她那时候的写作是沉默的，只是写作而已。罗伯-格里耶对她的《琴声如诉》的激赏，对于她来说是件难置可否的事。她并不希望自己像他们那样将形式视为革命的特征，同时也对那些老派的写法毫无兴趣。

那时她已足够冷静了。她沉默。她的写作就是沉默，但在她想来这样还不够，远远不够，不够直接，她在潜意识里还在寻找着某种方式，跟沉默不同的，但又与沉默有着密切关系的方式，最直接的，可以从第一个单词开始就抵住人心的那种方式。很幸运，她找到了。她开始说话。一点都不晚，在她有生之年，她适时地明白了，沉默的背面，就是说话。没有沉默就不会有说话，不懂得沉默就无法懂得说话。

所谓的说话，其实是她找到了那种流动的直接的叙述方式。是意识流吗？当然不是。应该是语流，就像血液一样，从她的心脏里流出，再流回心脏里，没有多余的线路，一切都自然而然、单纯明了，却又并不丧失某种神秘的气息。在《情人》里，她把这种写法运用得炉火纯青。那是本可以聆听的小说，然而它的声音并不是外在的，而是通过你的眼睛进入你的耳朵里，在那里轻轻回响，一点都不会溢出耳轮外，每个叙述都仿佛就在你的心底，自己说着自己的事，你不能触碰她，只能听任她述说，知道她的声音可以轻易地融入血液，缓慢而又并不凝重地流遍你的身体，甚至不需要变换呼吸的节奏，甚至只需要一口气就可以完成整个叙述过程，始终与窒息很切近，却又并不会窒息。

在《物质生活》的前言里，她这样写道："但是，没有一种可以预期或者现有的书籍构成形式可能容纳《物质生活》这种流动的写法，在我们共在的这一段时间，我与我之间、你与我之间，就这样往复来去进行交流。"

实际上，这本小书的写法仍旧是对《情人》的某种延续，只是略加简化而已，或者说略微有些松弛与随意。她先是同热罗姆·博儒尔谈话，"然后整理成文本，再由我们各自通读。经过讨论后，我对文本进行修改"。经过她修改后的文本，已很难看出对话者的存在了，至少对话者已变成了隐形的听者，而不是有形的对话者，他的声音消失了，只剩下杜拉斯的声音，而且不是全部的，甚至只是局部的，我相信大多数的内容被她略掉了，"这项工作最后一部分，由我来简化文字，使之轻快，平静。这是我们共同的意见。所以没有一篇文字是完整的。没有一篇文字完全反映我一般对所涉及的问题进行思考的内容，因为一般来说，我并没有思考什么，除非是社会不公正这个问题，其他我没有思考什么。"

她所做的，只是从那不断逝去的流水中捞取的只是些残片碎屑，放在手心里慢慢地摆弄注视，有些漫不经心，有些不经意的眷恋。而她所说的思考，其实就是她所略掉的那些。她希望自己的文字就像书的名字所指示的那样，更接近于物质状态，只有物质才不会是思考的结果。

表面上看，她在这本书里谈论气味、风景、旅馆、戏剧、酒、街道、城市、颜色、房屋、动物、星辰、身体、列车、书、电视、圆石、椅子、衣橱、声音、食物、信、照片、壁炉、海，当然还有人。看得出，她迷恋这些事物，近乎重新沉浸在对它们的回忆里，自言自语，而不是倾诉，所以自始至终都有着不可动摇的平静。这是本关于她自己的残缺不全的密码本，你可以想象得到，她那样反复地修剪着那些整理后的文字，然后自然而然地去掉很多东西，甚至包括并不多余的线索与脉络。

她先做加法，说话，然后再做减法，留下沉默，大量的空白，继续说话，用最简单的方式，就像抽烟时发出的一小朵一小朵的淡淡烟雾，过一会儿就散去了，留下某种味道。她省略并不是为了掩饰自己的弱点，不是的，她知道弱点也是她最真实的一个支撑点，她的局限，也是她的思考感受的范畴，她的领域或许就是狭隘的，甚至她的方法也是狭隘的，那又怎么样呢？正是在这种狭隘的领域里她实现了她的自由叙述，她的说话，在有限的物质生活中，她发现了属于自己的那种小小的魔法。

对于她来说，那些有限的题材已经足够用了，她有办法让它们改头换面重新组合之后焕发新的活力，她经得起反复，她沉湎于反复，那些话，她永远都说不完。对于喜欢她的作品的人来说，看完她全部的书是需要的，但不是必要的，完全可以只是任选三四本，就足够了，可以不是《情人》，不是《琴声如诉》或《劳尔之劫》，也可以不是这本《物质生活》。这道多项选择题无论你怎么选都不会错的。这其实也是她的方法。否则的话，你很可能就会无法忍受她的话语方式，那种感觉就跟只读她几部作品所带来的快感一样强烈。她在《物质生活》的前言里说，"这本书没有开端，也没有终结，也不属于中间部分"，这话对她的全部作品都有效。她所拒绝的，只是那种有害于写作的确定性。

对于她来说，生活跟写作总归是一个不可分割的整体。如果说生活于她不过是一阵阵的废墟，那么写作总是能把她从废墟中拯救出来，回到类似于宗教般的光线下。正是这种光线，使得她的容颜衰老变得无足轻重，使得那些逝去的时光焕发青春。这本书的译者王道乾先生说的没错，"归根到底，《物质生活》这本书主要还是谈写作的问题。"

尽管是谈写作的，但这本书的写法其实更近于小说，而不是随笔，就像罗伯-格里耶在《重现的镜子》、西蒙在《植物园》里所做的那样。只不过杜拉斯的方式来得更为平静而又轻逸。也只有在这种状态下，关于写作的谈论才如有神助，可以一击中的且不着痕迹。为了使写作的话题自然流露，她需要铺陈其他的文字，以完成一种融合，使一切归于平和甚至寂静，没有任何刻意的迹象。

她甚至有意去消解书的意象，"在这一类不是一本书的书里，我愿意无所不谈，同时又什么都不谈，就像每一天，像任何一天的历程一样，平平常常的。走上高速公路，话语的大道，任何特殊的地点我都不停留。不同方向，也无所住，不是从所知或不知的既定出发点出发，在纷纭嘈杂的话语中，全凭偶然，走到哪里算哪里，这样做是不可能的。不可能。不能既不知而又知。所以我想，这本书就像所说的那样，是一条高速公路，同时可以通到任何地方，所以，这本书应该是无所不至同时又仅仅通向一个地点，既走回头路，又从头开始，再动身出发，像任何一个人，像所有的书一样，至少什么也不说，但要是这样的话，那也就无所写了。"这段话完全有可能变成另外一本书，或另一本不是书的书。她在说什么？是的，她没说什么，她只是把它们写下来，仅此而已。说话，是之前发生的事。

有谁能真的知道写作的秘密？"当人们写作的时候，仿佛有某种本能在起作用。写作仿佛是处在黑暗之中。写作可能发生在我之外，在某种时间混乱之中：即处于写与已写，着手写与应该写，对显在的知与不知，意义充盈、涵泳其中与臻至无意义境界这两者之间。世界上存在着暗黑团块这种意象并不带有什么危险性质。……它并不是一种表达。它不涉及由一种状态向另一种状态过渡。它涉及的是在你的生命沉睡过程中，在不为你所知的情况下，经过它有机的过滤，对已在的和你所促成的情境进行破译。也不是'移情'，与此全不相干。我说的本能，可能属于写出之前对他人来说是不可解读的那种东西的阅读。……写作并不是叙述故事。是叙述故事的反面。是同时叙述一切。是叙述一个故事同时又叙述这个故事的那种空失无有。是叙述一个由于故事不在而展开的故事。"

知道谜底的人，懂得谜之所以成为谜的人，会以另一个新谜面来表达自己对谜的领悟。你知道她所触碰的是什么。她并不回避对具体技巧的谈论，如说在那篇关于博纳尔的文字里，她通过博纳尔修改过的一幅画来揭示某种技巧的功效：

"画上的船帆竟漫过整个画幅。现在，风帆已经盖过了海，越过坐在船上的人，占满天空。这种情况在一本书里，在句子转折处，也会发生，这样你就把全书的主题给改变了。你未加注意，不知不觉间抬起眼睛往你的窗口一看：原来黄昏已经降临。第二天早晨你又会在另一本书里发现这种情形。绘画，写作，并不是在明光通透中形成的。欲有所言，却又永远找不到相应的词语。"

她就这样告诉你一种可能的方法，然后随手把它抹掉了，就像她从没写过一样。正如她随后在《披巾的那种蓝色》结尾处所说的那样，"没有人知道落在变动的发生点上的究竟是什么。我谈写作谈得太多了。那究竟是怎么一回事，我也不知道。"这是谎言，也是实话。

她的句子总是很干净的。即便是在不经意间弥漫起来的时候也是如此。哪怕是通过各种风格的中文译本吧，你也仍旧能感受到她的句子的独特气息与质感，那可不是刻意打磨出来的风格，它们就像河流深处打捞出来的白色石子，表面相似，却又并不会雷同，这或许就是天赋，也是才能。"至于我，保持清洁已成了一种迷信。……在《情人》中，为注意文本中有关洁净的问题我下笔十分踌躇，这是为什么我也不知道。"

天赋加上自觉的才能，这些因素最后总会溶入本能的层面。从这个意义上说，她的文本虽然显得那样的开放，但在其形成的技术层面上，又是封闭的。如果你没有灵敏得近乎神经质的嗅觉和听觉，你就无法感受到它们的存在与运行的方式。它只是一种声音，一种气味，如果你的耳朵与鼻子及时捕捉到了它们，那么一切就会自然显现，但仍旧是那种了无形影的东西。所以她才会在那篇《戏剧》里有这样的表述："效果从文本中显现出来，对文本并不提供任何东西，相反，效果出自文本的独特显现，出自深度，出于血肉。"

那么比声音与气味更为重要的是什么呢？是神奇。

"在写作中，也需多方设法寻觅神奇，我找到了……"看得出，她的确非常自信，并喜欢这样的感觉，如此直截了当，不容置疑。她知道，真正的作家最为突出的力量特征，就是能从第一个句子甚至第一个单词开始就让人不容置疑。他们所拥有的强力，对于阅读者来说无异于某种神秘难测而又难以阻止的暴力，只要你认真面对他们的文字，就会毫无办法躲避那种袭击，随后在一种无以言说的震惊中清楚地感受到他们那种不可理喻的强烈力量。对于这一点，她形容的更为直接："有才华的人，天才，呼唤的是强奸，他们呼唤它就像他们召唤死亡一样。冒牌作家就没有这类问题。他们是健全的，同他们相处，安全无事。"无疑，她是对的。

就这样，她说话，并把与写作相关的事情和道理都拆散了隐藏在话语中。其实，她也并不是要刻意隐藏什么，而只是要暗示我们，写作，永远不是那种可以直接显露的事情，尽管它能以最直接的方式进行并完成。最重要的一点，是她清醒地意识到，每每在她试图更为深入地谈及写作的时候，那种与写作困境密切相关的阴影就会出现，就像死亡一样。关于这个阴影，以及其中的痛苦与焦虑，她的表述足以让某些同样沉迷写作之中的人不由得为之心脏颤抖，甚至瞬间疼痛。关于这一点，她是毫不掩饰的，"总有一天，我将垂垂老去，搁笔不写了。对我来说，这肯定是不现实的，做不到的，而且荒谬。"这种看似有些自相矛盾的表述其实再真实不过了。这是那些无药可求的迷恋写作的人终生都无法摆脱的阴影。当空白的纸张突然折射出头脑的虚无与脆弱无力的时候，深爱写作的人会有如临深渊的感觉，那种恐慌与焦躁，估计也只有对死亡的感觉能与之相比。看看她的自白吧：

"……我立即就在我的记事本上试着去写。我把我听到的如实写出来，手里拿着钢笔，写。开始文句也组织不起来，还是继续写，写下去。但是这种新出现的假性的写作，是从什么地方来的呢？——就像是在房屋之下阶梯提高以后从一个洞穴冒出来的——似乎是出自一个五岁小孩之手，无意之间突然出现的，墨迹斑斑，凌乱不堪，又像是一个罪人写的，罪人，又有何不可。我是想写一本书，就像我当时写、当时所说的那样。我感到有一些词语从我心中恍惚出现，若隐若现。在所有的话语中，从外表看，似乎什么也没有说，一无所有。"

说到底，无论如何发现了神奇，或创造了神奇，写作者终究都无法摆脱其努力的悲剧性。反过来说，可能也正是这种近乎宿命的悲剧性，才使得之前为数不多的"神奇"显得更为美妙，它们是那样的难能可贵。译者王道乾概括说："这是人与物质生活、世界的关系的一种隐喻性说明。"

现在，让我们退得远一些，还可以再远一些，看看她留在写作之外的那些事物，也就是她的"物质生活"。关于男人，不可避免的，她说了很多。有时迷恋，在遥远的记忆中，在某本书中，也有现实中的。她了解男人，"男人的需要像小孩的需要一样，必须给以支援。对女人来说，这同样也是一种赏心乐事。男人自以为是英雄，但始终和小孩子一样。男人喜欢战争，打猎，钓鱼，摩托，汽车，也像小孩一样。当他睡去，那就更看得清楚了，所以女人才这样喜爱男人。这一点用不着说假话。女人爱天真的、凶狠的男人，女人爱猎人，爱战士，女人爱小孩。"有时她也很情绪化地厌恶蔑视男人，"男人大多是同性恋者。所有的男人都有可能是同性恋者，只是他们还不知道，没有遇到相附者，或遇见将之显示给他们的那种明显性而已。"

随后，她又在另一篇文字里说："男人，在成为一个管子工或作家、出租车司机或一个无职业的男人，或记者之前，男人毕竟是男人，不是异性恋就是同性恋者。其区别在于有人了解你，所以才那样向你提示，另一些，不过是迟后一些罢了。"说这话时，估计她也没想清楚自己究竟要说些什么。"应该多多去爱男人。多多益善。对于他们，要为爱而爱。舍此没有其他可能，实在是无法容忍他们的。"这样的话也只能反着去听，当然，在这里，她仍旧是对的。她爱过一个喜欢说谎的同时又是天赋非凡、富有魅力的男人，一个"完美的人"，一个令很多女人着迷的却终生只爱过一个女人的男人，最后他艰难追到一个年轻貌美的女子，并冒着生命危险（他当时已被医生严令禁止做爱、吸烟甚至接吻了）与之做爱，死于心梗。

　　当然她也谈女人。这时她尽力表现得理性冷静，因为她想到的是男权社会对女性的压制与有意无意的误解就免不了要激动，要带着情绪说些反讽的话了："有许多事情被女人搞错了。她们之间谈的仅仅是物质生活方面的事。在精神领域，她们是不得入内的。这方面的事有所知的女人甚少。还有许多女人，无所知。多少世纪以来，女人都是由男人来教育的，男人告诉她们对男人来说她们是低人一等的。但是处在次等地位，被压迫的地位，谈话反而更加无所拘束，更加普遍化，因为她们本来就停留在物质性生活之中。这种谈话更是自古有之。女人在一本专为女人写的书中见到天日之前经过多少世纪始终背负着那种几乎像石像一般的痛苦不幸。男人不是这样。所以女人仍然是青春之所驻，是鲜洁明艳的。只是她过去不知道就是了。"

　　她毫不掩饰身为女性的骄傲："不了解女人，不曾接触一个女人的身体，也许从没有读过女人写的书，女人写的诗，这样的作家在从事文学工作，他是在自欺欺人。他对类似的既成事实不能无所知，他也不能成为他同类人进行思考的主人。"这铿锵有力的言辞其实是多余的。因为这样的男人作家实在罕见。而同样的逻辑下，只要把"女人"换成"男人"，效果是一样的。谈论男人与女人，最终都要归结到他们之间的那种微妙的关系上。她很清楚这一点。"在男人与女人之间，是虚幻想象最具有力量的地方。"一针见血。"异性恋是危险的，人们在这里被完全推向欲望的二重性领域。在异性恋状态下，问题是得不到解决的。男人与女人双方不可调和，这是一种不可能实现的企图，只是一次一次爱情更新之中让这种所谓爱情显得辉煌伟大就是了。"这话听起来真有些寒意透骨的意味，深刻得让人绝望。不过她确实经常能做到这样，深刻尖锐得近乎冷漠无情。

那么，为什么她能那样平静地写出长达万言的《房屋》？显然，我们有理由将这篇长文看作本书的一个缩影。就像孤岛，它稳居于这条话语河流之中，也正是它的存在，才使得这部充满流动性的奇特作品获得了坚实的支撑点。她知道自己的力量应该最为充分地在哪里发出。在这篇文字里，她将房屋称为"由女人创造出来供人安居其中"的"乌托邦的所在"。她甚至用"事业""求索"这类字眼来形容它。她毫不犹豫地以母性的姿态声称："女人就是家，她过去是，现在仍然是。可能是谁对我提出这样的问题：男人紧守着家，是不是由女人来担负他呢？我说是。因为在这样的时刻，男人就归属于小孩方面去了，和小孩没有什么不同。"这时她的语气还是比较平和的。

她觉得男人不了解女人，"无法了解女人，完全不了解女人的自主权"。紧接着她又强调了女人的绝望："我们的绝望就像一座大森林，我们什么时候才厌弃它？……我们就在这里。我们的历史就是在这里形成的。不是在别的地方。我们没有爱人，除非是睡眠中的爱人。我们没有人的欲望。我们看到的只有动物的面貌，森林的形式和美。我们怕自己。我们的肉体只感到冰冷。我们就是寒冷、恐惧、欲望做成的。过去人们用火烧我们。在科威特，在阿拉伯半岛的平原上，人们还在杀我们。"她显得冷酷而又悲愤。但是很清楚，这种情绪并不令人厌烦，尽管它会爆发出某种极端的力量，但并没有就此扩散，在更多的文字里，她要表达的是女人的孤独与无助、敏感与矛盾的情绪。看到这里，你忽然意识到，所谓的"物质生活"，难道不也是个针对男权视角的极具反讽意味的词组吗？

"人一经长大，那一切就成为身外之物，不必让种种记忆永远和自己同在，就让它留在它所形成的地方吧。我本来就诞生在无所有之地。"最后，她想到的是故乡，并不忘声称："我是一个不会再回到故乡去的人了。"如果说没有故乡可回还只是个人历史意义上的流离状态，那么房屋之内的家的失去，就是最根本意义上的永远都将飘浮无居的日常生活。然而这将不仅仅是她个人的遭遇，而是所有男人与女人都要面对的遭遇。

在文章结束的那一段里，她平静地描述了那幢老房子的缓慢沉陷趋势，在她的构想中，这个场景显然只能是个隐喻，用来形容房屋里的家的危机。而在她看来，比这危机更令人感到不安和觉得不可思议的是，人们连房屋地基在什么上面都不清楚。很可能，人们就是在这样的近乎盲目的状态里，才会反复体验着那些欲望所带来的痛与乐。

猎杀过狮子的父亲

——关于让·艾什诺兹的《热罗姆·兰东》[1]

　　"下雪的一天，是他下到坑里杀了那头狮子。"在《热罗姆·兰东》的扉页上，让·艾什诺兹引用的《圣经·撒母耳记下》里的这句话读来意味深长。它来自比拿雅的故事。勇士比拿雅杀了坑里的狮子，还夺矛杀了魁梧的埃及人，"他的名望因此比得上三大勇士。他比三大勇士更出色，地位却比不上三大勇士。大卫立他做侍卫长。"对于艾什诺兹来说，热罗姆·兰东就是一个真正的勇士。按理说，接下来的正文应该是那种说来话长的状态，但实际情况却并非如此。因为艾什诺兹似乎天生就是个隐忍寡言的人。

　　1979 年的那个冬天里，当艾什诺兹初次被热罗姆·兰东约见

　　① 本文所使用《热罗姆·兰东》中的文字均出自［法］让·艾什诺兹：《热罗姆·兰东》，长沙，湖南文艺出版社，2010。

时，后者早已因对"新小说"的执着推动、在阿尔及利亚战争问题上所表现出的公共知识分子的强烈责任感，将小小的午夜出版社塑造成另类的传奇。要知道，早在1950年，年轻的兰东所做出的一个重要决定就是想在破产前把一本被所有法国、英国出版商拒绝的书出版了。那本书就是贝克特的《莫洛伊》。以至于在签下出版合同后，贝克特有些无奈地对妻子说："这个年轻人十分友好，但我想，他会因为我而破产的。"

当然这个年轻人并没因此而破产。1969年，贝克特委托他代表自己去斯德哥尔摩领取了诺贝尔文学奖。在此之前，"新小说"作家们已把法国文坛搞得天翻地覆。与热罗姆·兰东这个名字相伴的，除了贝克特，还有西蒙、罗伯-格里耶、杜拉斯等。兰东发现了他们，而他们也非常清楚，兰东和午夜对于他们意味着什么。所以，当晚辈艾什诺兹面对兰东的时候，几乎就是仰视的。

"一切开始于下雪的一天，巴黎花街，1979年1月9日。"追忆一个在文学意义上影响并塑造了他的人，应该如何开始呢？他需要安静地回到最初那个温暖而又令人激动的时刻。这一次，艾什诺兹的笔触离开了虚构的世界，只用最朴素的方式陈述事实。正如克洛德·勒布伦所指出的："作家写所有这些事用的都是现在时，仿佛要将它们放进一种抹杀了死亡的延续当中。"

22年，有多漫长？原本在记忆中无限延伸的时间仿佛被某种神秘的力量忽然凝固了两端，而他需要在此期间写下那些永远不会被时间遮蔽的瞬间。回到起点，一切过去都在重新弥漫，像下雪。他是在给兰东写一封从未写过的长信。那个瘦高的老人还在贝尔纳-帕里西街边的办公室里，从未离开。

这一次，艾什诺兹平静地从自己最初的柔弱写起。那年他31岁，写了部小说，把它四处投寄，然后耐心地搜集退稿信。午夜出版社被放在了最后。因为它"太严肃，太严厉，太严格了，属于文学风格类型，对我而言太好了，甚至就不用费心去尝试了"。

结果，热罗姆·兰东发现了让·艾什诺兹。如果说在文学理念方面的高度一致，使兰东跟罗伯-格里耶有着战友般的互补关系，甚至是彼此塑造的关系，那么艾什诺兹跟兰东在某种意义上则更像父子(兰东生于1925年，艾什诺兹生于1947年)。从看到艾什诺兹的小说开始，兰东就注定会成为其文学上的"严厉的父亲"。

他们之间从来都不是那种出版商与作家的关系。兰东在向他伸出温暖之手的同时，也为这个不知深浅的年轻人备好了"棒喝"。兰东清楚，对于包裹着这位年轻人丰富潜质的那层硬壳，要不断地敲打才能破除。他经常给艾什诺兹打电话，偶尔一起吃中饭，他说而后者只是听。他有时趣味古怪，会为了元音重复而建议艾什诺兹改名。有时会忽然让艾什诺兹很难受。比如，在法国政府通过一项"开放图书定价的法律"之后，兰东在电话中气愤地对他大发牢骚，最后以一种非常不屑的口气说："罢了，您，您毕竟不是海德格尔，嗯。"而他呢，"我受着……"

真正严厉的打击，发生在艾什诺兹得了"费雷翁奖"、完全信赖这位特别的出版人而对其他事情都不在乎的时候。兰东先是否定了埃什诺兹花了两年时间写的一部小说，并禁止他将它转投给其他出版社，还否决了他的一部新作的构思，"作为计划，在我看来对您太难了，但是算了（动作示意）。"最后丢给他一句决绝得冷到骨头里的话："您不再是午夜出版社的一份子了。"

这种兰东式的考验令艾什诺兹很受伤。但在兰东看来，一个有天赋的作家因自身原因而沉没是常有的事。之后，他们两年半没再见面，也没有通过电话。即使兰东几次在留言中询问写作情况，艾什诺兹都没有回应。闷了两年半，他写出了《切罗基》。于是，温暖的兰东又回来了。亲切的午餐，幽默的故事，一起琢磨小说的标题，接着"美第奇奖"也来了。他没有去描述当时的心情，却记下了颁奖仪式后见到前辈大师贝克特时的激动。而事后兰东却不失时机地给他泼了桶冷水：贝克特认为这个奖令你慌乱了，"有点神经失常了……"

若说最初的棒喝还令他有所不适，那么此时则让他更清醒、更有斗志。即使面对兰东的提醒，他也仍旧敢于孤注一掷地辞了工作，把几年的时间投入第三本书的写作中去，因为除了写作，他"在生活中不想再干其他任何事情"，"他们爱怎么想就怎么想吧。我独自一人，我面前有四个苏，我写我的书，走着瞧吧。"

后来，他写出了更好的作品。他们可以平等地讨论细节问题了，争论标点符号的使用，还会讨论死的问题……他不会像以前那样拘谨地保持沉默了。但兰东仍会适时地给他棒喝。"为了避免既令人生厌又毫无用处的讨论，兰东会把您的头按到水里而不是把您拉出来"，让他永远告别了"多愁善感"。为了避免他和几个年轻作家共谋而成的轻率之作丢人现眼地出现在其他出版社，兰东会把它出版，但又不让它出现在市场上，而只把书名留在出版目录里。令他吃惊的是，兰东会在把某些书的版权卖给电影公司之后，说最理想的"就是能卖出版权然后电影拍不成。"而他与兰东"唯一重要的美学分歧"，就是在使用逗号时总是最大限度地精打细算。还有，要是他穿着不妥，兰东会骂他。

在这本六十几页的小书里，艾什诺兹只想写出他所熟悉的那个兰东："富于情感，会激动，会开玩笑，他有多么热情洋溢、心情愉快，就有多么愤怒和反叛。"他还为传闻中的兰东式"吝啬"做了注释：他只不过喜欢在离开时不忘随手关灯而已。实际上，兰东有着不寻常的慷慨：主动给旗下作家们提高版税，任何一个午夜作家获奖，其他午夜作家就都会收到兰东寄来的数目不菲的支票。他还写到在贝克特逝世后兰东那压抑着的极度伤心。他写下了兰东晚年病倒后他们的最后一次通话，兰东显得很乐观，但声音虚弱。"好的，那么您要保重身体，我对他说，很快再见？当然，他回答。"

当然，最后他不得不写下那个"一切停止"的"灰暗的上午"。兰东的女儿伊莱娜的电话，"热罗姆星期一去世了，这天早上下葬了"。然后，他一个人走了很久，很慢，后来"走到一个写着'狮子'的地名指示牌前，我觉得自己太累了。我决定折回去"。

其实，还有很多事，他都没有写，可能再也不会写了，因为它们始终都在那里。也只有在此时，你才会感觉到，他的心里隐藏了多么深的伤感。

让-菲利普·图森的齐达内

——评《齐达内的忧郁》①

  2006 年 5 月初，在上海停留的最后一个晚上，让-菲利普·图森谈到接下来的打算，7 月去柏林，看世界杯，当然是看法国队，看齐达内。他有些出神。当有人谨慎地表示，齐达内是个艺术家的时候，他也只是想了想，慢慢地喝着小瓶青岛啤酒，没有回应。

  后来，世界杯过去了。在决赛中，齐达内一头撞倒了意大利队的后卫马特拉齐，被罚出了场。关于那一刻他为什么会如此愤怒？这个话题被翻炒了很久，可是始终都没有答案。马特拉齐回避所有提问。齐达内则更出人意料地保持了诡异的沉默。然后他退役了。再后来，这些事儿都过去了。你甚至都忘了图森曾说过他要写点什

---

  ① 本文所使用《齐达内的忧郁》中的文字均出自［比］图森：《齐达内的忧郁》，长沙，湖南文艺出版社，2014。

么，为了齐达内。

齐达内低下头，迅速发力，而那个马特拉齐则张开双臂仰面倒下，这个意大利人仿佛裂变为无边的沼泽，使齐达内沉陷。那天在柏林奥林匹克体育场的看台上，有个五十来岁的高个子光头法国人，手里拿着望远镜，注视着场上的情景，可是他跟很多观众一样，没能看到那个撞击的瞬间。他就是让-菲利普·图森。

两年后，陈侗把《齐达内的忧郁》的中文版样本递给我，算上版权页，正文，以及有六条注释的那最后一页，总共只有 11 页。只要花个十来分钟，就可以把它看完。这为数不多的文字，就像淡金色的树胶，把他在望远镜里看到的那个孤独地站在足球场上的齐达内，那个深陷忧郁的人慢慢地包裹起来，与整个世界都隔绝了，再不会受到任何打扰。

> 齐达内看着柏林的天空，脑子一片空白，泛着蓝光的灰色的云，零星点缀在白色的天空上，就像弗拉芒油画里无际、变幻、有风的天空。齐达内看着柏林的天空，站在 2006 年 7 月 9 日晚上的奥林匹克球场，他在强烈的伤感中感觉到自己在这里，只是在这里，在柏林的奥林匹克球场，在这一明确的时刻，世界杯足球赛决赛的晚上。

这是个小说式的开始。他把你带入的不是柏林的天空下，而是齐达内的脑海里。齐达内不是在看天空，而是在看自己，另一个不为人知的齐达内，一个沉浸在忧郁深处的人。图森知道人们看到的将是一些表面上的东西。"齐达内在这个决赛的晚上的真正动作——这个动作像僻静的夜晚突然涌出的黑色胆汁——将要突然发生并且让人们忘记剩下的比赛的结果、加时赛、进球和胜利者。一个决定性的、突然的、平凡而又具有传奇色彩的动作:柏林天空下一个完全模糊的时刻,带着让人眩晕的矛盾的几秒钟,美好和卑劣,暴力和激情,碰撞在一起,引发了一个前所未有的动作。"人们甚至会忘记齐达内本人。

他凝视着那个他没能亲眼看到的瞬间,"齐达内的用头撞人具有书法动作的突然性和灵巧。如果仅需要几秒钟来完成它,那么它只能以一个缓慢的成熟过程,一个隐秘的看不见的起源突然出现。"然后他给出了与众不同的答案:

> ……是深层的,巨大、安静、有力、严酷,既来自于纯粹的忧郁,也来自于对于时间流失的悲哀的知觉,它与比赛宣告结束、与一个参加自己职业生涯的最后一场比赛却无力由自己决定终止比赛的球员的苦涩连在一起。……是平行的对抗力量,是过度的愤怒和土星影响的产物,是想要尽快结束的渴望,是不可抑制的想要突然间离开赛场回到休息室的愿望(我突然间离开,没有告诉任何人),因为疲惫来袭了,突然,巨大的疲劳、力竭、疼痛的肩膀,齐达内未能注意到,他已经应付不了他的队友、他的对手,应付不了这个世界和他自己。

随即,他效仿福楼拜那有名的句式——"齐达内的忧郁就是我的忧郁"。那是个别人难以发现和进入的世界。而他仿佛完全融入齐达内的感觉里，进入那个特殊的撞击时刻即将降临的时刻里，"我了解，我产生过也经历过。世界变得昏暗不明，四肢沉重，时间显得滞重，好像更长、更慢，没完没了。他感到筋疲力尽，他变得脆弱。我们身上的什么东西转过来跟我们作对"。注意，他是在用让·斯塔罗宾斯基的《忧郁的油墨》里的话来强调"我们"。

他通过引用自己小说以及别人作品里的句子，制造着瞬间闪回式的分层效果，以消解整个深入分析过程可能带来的僵硬的感觉。齐达内的忧郁世界难道不是更近似于小说的世界吗？或者说那个内在的齐达内随时都可以滑入小说的语境？无论如何，那都是个向内开放的世界。一个真正意义上的艺术家完全可能像齐达内那样，在努力坚持到力尽之时突然超越了形式的束缚、超越了形式对他的逼迫与胜利。从这个意义说，超越了形式之时，也就是忧郁进入纯粹状态并回归艺术之时，"我们知道艺术和忧郁的内在联系。无法留下一个进球，他将留下精神"。

让-菲利普·图森要在重构中将他的齐达内带回那一撞击瞬间发生之前的时空里，带到芝诺式的时间状态里，他还捕捉到"被全世界电视观众的眼睛看到了"的"穿过齐达内思想的瞬间的冲动"完成之后的场景，用他那一小段叙事诗般的文字：

此刻，夜幕降临柏林，亮度降低，而齐达内在身体上突然感到他双肩上的天空暗淡下来，天空只留下黄昏里黑色和玫瑰色的云剥落的痕迹。融合在夜色里的水是不想睡去的古老的悔恨。

没人知道发生了什么。没人看到忧郁在齐达内的体内所获得的纯粹的状态。只有图森以他独特的方式将齐达内及其忧郁从那个现实主义的撞击瞬间中剥离出来，置入纯粹的精神领域，"齐达内的动作无关美学范畴里的美和崇高，处在好与坏的道德标准之外，它的价值、力量和关键恰恰存在于它在突如其来的那一刻的无可挑剔的贴切性。"

而留下的，则是那个空洞般的谜，继续被人们的猎奇欲所激荡的喧嚣所围绕、纠缠和遮蔽。而他的齐达内所获得的，是前所未有的解脱，这种解脱既不是宗教意义上的，也不是道德意义上的，而是精神上的，同时也是艺术上的，"失败的退场却留下了开放的前景，未知的和有生命力的"。

洛丽塔：从小仙女到小女人

　　如果你在报纸上读到一则消息，说是一个四十几岁的男人为了接近并拥有一个少女，先娶其母，并多少间接导致这位可怜女人的意外车祸死亡，然后他带着这个少女四处游走，还跟她发生了关系，他深深地迷恋着她，最后还因此杀了另一个老男人，被法庭审判有罪……

　　对于这样一个故事，你会怎么想？是不是觉得这个老家伙真是疯了？不管怎么说，他的行为都是背德离谱的，继父占有继女，单是这样一个事实，就足以让陪审团毫不犹豫地投下他的有罪票。因为这个男人逾越的是社会伦理道德的底线。不管他对继女的爱恋有多么深，不管他用哪种方式去爱，作为继父，他都是有罪的，不可能得到社会的原谅。

　　就是这样一个不伦的故事，在纳博科夫的手里，就变成了一部非比寻常的经典杰作《洛丽塔》①。它曾令很多人恼火和失望，其中包括一直推崇纳博科夫才华的老朋友埃德蒙·威尔逊和玛丽·麦卡锡。其实，纳博科夫很了解其所身处的美国正处在什么样的时代，在道德上是什么样的尺度与敏感度，所以在朋友的劝告下最初甚至连真名都没敢署。后来觉得既然要出版它，文责终归还要自负，就把真名署上了。在先后被四个美国出版商拒绝之后，这本不道德的书才由巴黎那家小有名气的奥林匹亚出版社出版。但纳博科夫当时并不知道，这本书的绿面包封跟这个出版社的一套色情小说丛书是一样的。

差不多有大半年时间，这本书几乎没有引起什么反响。然后幸运就来了——英国著名作家格雷厄姆·格林发现了它，称它是1955年最佳小说之一，这才引起了评论界的关注。同时也引发很多敏感人士的愤怒和抗议。而格林则毫不客气地撰文予以反击。当然，跟以往的类似事情差不多，美国人又一次被这场发生在欧洲的涉及美国作家的争论所吸引，海外版的《洛丽塔》开始在美国文学圈流传。三年后，普南特出版社才出了它的美国版。

美国人的保守与好奇，激烈的抗议与谴责，使之前只是小有名气的纳博科夫转眼成了新闻人物，也让《洛丽塔》占据了《纽约时报》畅销书榜首。但《纽约时报》的一篇书评是这样评价的："《洛丽塔》无疑已是图书世界的一桩新闻。不幸的是，这是一个坏消息……"不管怎么说，是这本书成就了纳博科夫，它带来的"大名"与财富，

① 本文所使用《洛丽塔》中的文字均出自[美]弗拉基米尔·纳博科夫：《洛丽塔》，上海，上海译文出版社，2006。

使得纳博科夫终于可以不必担心生计问题而去专心写作了。

实际上，如果你带着色情与不伦之恋的预想去读这本书，是注定要失望的。所有的色情意味，可能只有在故事的框架里才隐约有些影子——少女被继父诱惑甚至是略带强迫地发生了关系，但在小说中，你是找不到什么真正称得上色情的内容的。或者你也可以认为这就是真正的"色情"，最高级的"色情"，它不以直观的色情描述引发你的感官反应，而用间接微妙的艺术手法引发你的想象，使你不由自主地去猜测想象，当然，如果你的想象力能达到如此境界，就很可能会觉得，"色情"到如此地步也真的就是艺术了。而好的作家就是有这种本事，能用非常艺术的方式触动人与社会最细微的神经。

其实，令当时的人们反感、愤怒的，是《洛丽塔》的故事框架，而不是内容本身，很多人在表达不满的时候甚至都没看过这本小说。等到真的看过《洛丽塔》之后，很多人都感到失望，因为它一点都不色情，而且又是那么的沉闷，就那么点事情讲了那么久，琐碎得不得了，毫无快感可言。说到底，有格雷厄姆·格林那种眼光的人始终都是少数。

其实这是本很伤感的书。这种伤感当然不是情节剧移情功能造就的那种习惯性伤感，它就像慢慢升起的雾，直到最后的结尾，才完全弥漫在你的周围：

　　　　因此，当读者翻开这本书的时候，我们俩都已不在人世了。可是既然血液仍然在我写字的手掌里奔流，你就仍像我一样受到上帝的保佑，我就仍然可以从这儿向在阿拉斯加的你说说话。务必忠实于你的狄克。不要让别的家伙碰你。不要跟陌生人谈话。我希望你会爱你的孩子。我希望他是个男孩。我希望你的那个丈夫会永远待你好，否则，我的鬼魂就会去找他算账，会像黑烟，会像一个疯狂的巨人，把他撕成碎片。不要可怜克·奎。上帝必须在他和亨·亨·之间作出选择，上帝让亨·亨·至少多活上两三个月，好让他使你活在后代人们的心里。我现在想到欧洲野牛和天使，想到颜料持久的秘密，想到预言性的十四行诗，想到艺术的庇护所。这就是你和我可以共享的唯一不朽的事物，我的洛丽塔。

亨伯特，这个傻乎乎的家伙真是痴情得一塌糊涂。他在以诗一样的字句表达自己的爱与眷恋，以至于你会觉得他是个天生的抒情诗人，如此天真而又感性的语言也只有真正的抒情诗人才写得出来。当然，他并不会这样想，他认为"我只是一个认真负责的记录人"。可是，他怎么会想到"欧洲的野牛与天使"这样的意象呢？这似乎是在暗示他与洛丽塔之间的关系，都是想象中的事物，不存在于现实中的，或是早已消亡的，也可以让你联想到关于欧罗巴的神话——宙斯对少女的引诱与占有，以及被宙斯变成牛以后，少女那漫长艰辛的流亡过程。小说最后的那些句子简直都有种祈祷词的感觉了。可是相形之下，前面那段嘱咐听起来是多么的啰唆庸俗而又让人哭笑不得啊，但这的确又是他能留给人世的最坦诚的告白。它涉及贞洁、告诫、母爱、轮转、宽容，当然还有嫉妒之火。

其实，整本书都是他的告白，给他的小仙女——洛丽塔。或许也正是这充满温情与矛盾的告白，让陪审团考虑请医生检查这位被告是不是患有精神病。也就是说，在常人视角下，他跟精神病患者的表现已相当接近了，他在法庭上的告白听起来跟胡言乱语并无多少差别。没人能理解他的那种非正常的激情，就像没人能接受他的行径，也没人知道"小仙女"对于他意味着什么。而他似乎也并不知道，正是他自己，把那个"小仙女"带到了人间，最终把她变成了平庸的小女人。

或许所有的少女都可能是小仙女的化身。但真正意义上的"小仙女"，又总是隐藏起来的少数，需要去寻觅和发现。亨伯特先生的所有修养与学识似乎都是为了发现这个"小仙女"而准备的。说实话，他在少年时与一个女孩子的短暂相遇所留下的记忆，对于理解他对洛丽塔的迷恋并没有什么本质上的帮助，甚至还有误导的可能。用一种早年的情结来解释后来的事件，常常是合适的，但也很容易使问题简单化，滑向另外一个属于心理学的层面。反倒不如纳博科夫杜撰的那个诗人的话值得琢磨："人类的道德观念是我们不得不向美的现世观念所致的敬意。"

这位亨伯特先生所做的一切，无论是狂妄的、大胆的、异想天开的、冲动的、狂热的，还是庸俗的、猥琐的、慌乱的、温情的，其实都与这个"美感"有某种难以言说的关系。他并不是一个没有道德感的人。相反，他甚至有着一般人所没有的强烈道德感，否则他就不会那样带着洛丽塔一路跑下去了，更不会在陪审团面前主动承认自己是有罪的。他并不认为枪杀奎尔蒂算是一种罪。但比这所谓的道德感更加强烈的，是跟对"美感"的追求浑然一体的复杂欲望。他知道，要想从众多的少女中发现"小仙女"，"你一定得是一个艺术家，一个疯子，一个无限忧郁的人，生殖器官里有点儿烈性毒汁的泡沫，敏感的脊椎里老是闪耀着一股特别好色的火焰（噢，你得如何退缩和躲藏啊！），才能凭着难以形容的特征——那种轮廓微微显得有点儿狡黠的颧骨、生着汗毛的纤细的胳膊或腿以及绝望、羞愧和柔情的眼泪、使我无法罗列的其他一些标志——立刻就从身心健康的儿童中辨别出那个销魂夺魄的小精灵。她并没有被他们识别，自己对自己的巨大力量也并不知晓。"

洛丽塔就是这样的"小仙女"。她被他发现了，在她母亲黑兹夫人的身边。黑兹夫人把这位亨伯特先生带回了家，"这是我的洛，"她说，"这些是我的百合花。""噢，"他说，"噢，看上去很美，很美，很美！"他终于找到了她，他的"小仙女"！随即他就陷入了无法描述的欣喜若狂的想象中。黑兹夫人作为抑制力的存在，实际上催动了他的想象力膨胀，尽管是种烦恼，可他也需要这样的烦恼为自己的想象力慢慢升温。他有很多阅历，但并不影响他在这件事上保持某种单纯的心态。他接近"小仙女"洛丽塔的方式是笨拙的，竟然要先娶了她的母亲。他要做得隐秘，从内心需要来说，他要的是一种隐秘的关系，只有他与"小仙女"同在的关系，而他人却一无所知，甚至"小仙女"自己都不清楚这种关系究竟意味着什么。他写日记，记录其观察与胡思乱想，也因此被黑兹夫人察觉，而后的愤怒自然引发一连串的变故，很不幸，她出车祸死了；很幸运，他跟"小仙女"在一起了。从这时起，直到他与"小仙女"发生关系，是他整个情感爆发的顶点，之后就是不停地坠落。他怕什么，就来什么。

对于"小仙女"未来会变成什么样，亨伯特是深思过的。他知道，没有永远的"小仙女"，尽管他也渴望能有永远。他知道感官享乐会影响她的命运。早在巴黎时，他就曾遇到过一个年轻的街头妓女，并从她那里感觉到了瞬间的"小仙女"气息：

> 她令人销魂地飞快脱掉衣服，有一刹那站在那儿，一部分身体用肮脏的薄纱窗帘裹着，带着幼儿的快乐，尽可能若无其事地听着楼下满是尘土的院子里一个街头手风琴师的演奏。我看了看她的小手，把她的注意力引到她龌龊的指甲上，她天真地皱起眉头，说道："对，这是不大好。"说完，就走到盥洗盆那儿去，但是我说这没有关系，压根儿没有关系。她留着褐色短发，灰色的眼睛亮闪闪的，皮肤苍白，看上去非常迷人。"她揣着我给她的五十法郎小费，显得万分高兴，急匆匆地走进四月夜晚的蒙蒙细雨中，而亨伯特·亨伯特则蹒跚地紧跟在她瘦小的身子后面。她在商店的一个橱窗前站住脚，兴致勃勃地说道：'我要给自己买双长统袜！'我决不会忘记她那种巴黎孩子发出'长统袜'时的口型，她兴致勃勃地发出这个词的音，几乎把那个'a'发成一个短暂、轻快、爆破的'o'，像在'bot'那个词里那样。"但是随后就是"一夜之间，她身上似乎少了几分稚气，多了点儿成年女人的味儿。"亨伯特并不觉得遗憾，任由这段经历渐渐消失，他要记住的，只是"她有一会儿表现出的样子：一个有过失的性感少女透过那个讲究实际的年轻婊子

闪闪发光。"

如果说"小仙女"的瞬间老去尚且令他有所怀念，那么，"小仙女"的忽然觉醒则注定令他痛苦不堪。他开车带洛丽塔在公路上没完没了地前进，没有方向，没有归宿，差不多横穿了整个美国。他试图拿掉有可能唤醒"小仙女"的一切现实背景，从而让她始终处在无背景的状态下，似乎只有如此才能保证她留在"小仙女"的阶段。而在这个过程中，那个变态老头奎尔蒂的意外介入，引发了亨伯特极大的不安与嫉妒，因为这个老东西才是真正意义的少女诱拐者，"小仙女"的杀手，他比亨伯特更有手腕和吸引力，他能让小仙女"爱"上他。

亨伯特不停地在赶路，其实已是无路可走。魔法失效了，小仙女马上就要醒了，魔鬼奎尔蒂伸出了手。直到此刻，亨伯特才发现，他精心构建的"小仙境"其实不堪一击。转眼之间他就什么都没有了。绝望中他试图妥协，费尽周折找到了已从"小仙女"变成小女人的洛丽塔，她怀孕了，跟年轻的丈夫住在一起，没有钱，生活艰难。他甚至还抱有一丝幻想，希望这一家人能跟他住到一起。但这一次做决定的不是黑兹夫人，也不是"小仙女"洛，而是怀孕的小女人洛丽塔，她拒绝了他。她无法理解他。她能接受的，并希望他给她的，只有那几千美元。她早已完全醒了，早就不再是"小仙女"了。而他，亨伯特先生在帮她完成了从"小仙女"到小女人的蜕变过程之后，竟还抱有天真的幻想！当然，这也是他最后的幻想。

其实，亨伯特与洛丽塔之间的关系是错位的，甚至都构不成恋情关系。从日常的角度来说，他非常了解洛丽塔的性格脾气、生活习惯，但是过度的迷恋使他真把她当成了"小仙女"了。他把她内心中身体里那尚未醒来的部分当成了全部，近乎疯狂地加以热爱。所以他的感觉就是最大的错觉。而洛丽塔对于这个继父其实是非常不了解的。她只是对男人有着天生的好奇而已，她根本不会想到他的到来是经过策划的、他是为她而来的。

尽管她像个小野猫一样大胆，也不会料到这位继父远比她还要胆大包天。他不惜为她成为被社会唾弃的背德者。她无法理解他的狂热到底为了什么。她也无法理解他为她所做的一切。他给她打开的，是她永远也参不透的非常世界。而她真正想要的，只是回到日常的世界里，过上安稳可靠的、不用再颠沛流离的生活，仅此而已。这也是多数小女人最终想要的结果。对于他来说，"小仙女"不在了整个世界就变得荒凉无比。他所追求的"美感"，他的欲望，无处寄托了。他必须找到某种方式结束这一切。刚好，还有奎尔蒂。

亨伯特拿枪去打死奎尔蒂的那一幕，颇有些闹剧的色彩，但也因此显得非常伤感：两个疲惫的老男人，为了一个曾经的小仙女，被死亡联系在了一起，共同面对人生的绝境与崩溃。其实，他跟奎尔蒂不过是一枚硬币的两面而已。他杀了这个人，也就都归零了。他不能容忍有人以那样的方式来破坏他苦心经营的"美感"。

相对于奎尔蒂的冷漠，亨伯特是有些阴柔的，甚至有些女性气质，缺乏那种男性的力量感，尤其是控制力。这也加剧了他的自卑心理，也令他对奎尔蒂的怨恨达到了极致。奎尔蒂竟然称他是"性反常者"。面对这样一个庸俗之辈扣在他头上的庸俗之名，他怎能不爆炸呢？在笨拙地开枪打死奎尔蒂之后，他就像个失去父母家庭的孩子，不知道该去向哪里。也只有这个时候，他，亨伯特先生，才终于可以无忧无虑地去继续爱洛丽塔了——他的小仙女，他的洛，再也不会有人把她带走了，她不在别处，就在那里，永远都不会离开。或许这时候，我们应该为他把他的神圣祷词重新诵读一遍，以便他能迅速地超越尘世的纠缠，到艺术的避难所里去分享永恒：

"洛丽塔是我的生命之光，欲望之火，同时也是我的罪恶，我的灵魂。洛-丽-塔；舌尖得由上腭向下移动三次到第三次再轻轻贴在牙齿上：洛-丽-塔。"

致命的"防守"

——关于纳博科夫的《防守》①

　　纳博科夫向来给人以傲慢自负的感觉。他关心纯粹的艺术价值。在他眼里，很多名声显赫的时髦文学都不过是二三流人物弄出的无聊噱头，还不如他没事儿去捉捉蝴蝶有意义。他是个孤僻的人。他喜欢这种自在的状态。离开俄罗斯之后，没出名之前，他以"西林"的名义默默写作。即便后来在美国成了著名的纳博科夫，他与周围环境仍旧保持着足够的距离。他用文学给自己制造了一个很好的保护罩，隐蔽了个人的生活。对于那些试图从他的作品里找到他个人生活影子的人们，他向来是不屑的。他讨厌这种窥视的方式，这太庸俗；他轻蔑地认为这对于理解作品毫无益处。他不接受

---

① 本文所使用《防守》中的文字均出自［美］弗拉基米尔·纳博科夫：《防守》，上海，上海译文出版社，2013。

当面采访，只接受通过信件回答一些书面问题，有时还喜欢正话反说，让人摸不着头脑。他要保护好自己的世界，只允许蝴蝶飞入。他始终都是其自我世界出色的防守者。

在小说《防守》英文版的前言结尾处，他毫不掩饰地嘲讽道："弗洛伊德学派的小后生将开锁的玩具装置当成了解读小说的真正钥匙，他们毫无疑问会继续把我的父母、我的情人和一连串的我自己漫画化，并将我笔下的人物和这些漫画形象等同起来。为了让这些侦探进展顺利，我不如现在就承认，我把我的法语女家教、我的袖珍象棋、我的好脾气和我在自家有围墙的花园里拾到的桃核统统赋予了我笔下的卢仁。"在小说开始之前，他就给那些不开窍的大嘴巴们备好了堵嘴的木塞。他喜欢跟那些所谓的评论家玩点刻薄的小游戏，有空就会揶揄一下"那些为赚钱而写评论的人"，在前言里备好了他们想要的"信息"，让他们"省些时间和气力"，因为"这些人……遇到一部对话不多的小说时，只要能从《前言》中捡到够用的信息，就别指望他们认真读完全书。"

纳博科夫对《防守》有着特殊的感情。在意味深长的前言里，他不厌其烦地细述了它俄文版的样子："纸面平装本，二百三十四页，长二十一厘米，宽十四厘米，纯黑色的护封，烫金书名。"从这段貌似枯燥的数据罗列过程中，我们可以清晰地感觉到他的那种极为微妙的怀旧心理。然后他笔锋一转，留下一个动人的泛音："这个版本现在很难见到，可能会越来越少。"显然，他对它的看重是非同寻常的。他为它抱不平，它被关注得有些太迟了，"可怜的卢仁不得不等待三十五年才出了一个英文本。"隐约之间，让人觉得这本书的经历似乎跟那个卢仁大师有某种相似之处。值得注意的是，他认为这本小说是他所有俄语作品中"包含、散发着最大的'热情'"的。这话耐人琢磨。在我看来，《防守》中有相当一部分篇幅所呈现的确实与"热情"有密切的关系，但要具体地说，则显然更接近于对"热情"的抑制与隐藏。

小说是以主人公卢仁对父亲为其取名的抗拒开始的。当然他不得不接受了这个名字。但抗拒并没有结束，而是进一步强化了。此后的情节其实并不复杂，但变化却出人意料。卢仁的忧郁而孤僻的童年，对父母的冷漠和距离感，与同学们的疏离，学校里的屈辱经历，作为二三流作家的父亲的自以为是、与小姨子偷情，母亲的精神崩溃……所有这些，使卢仁在童年里几乎过着与现实相隔绝的生活。敏感而又脆弱的他，在漫无边际的童年里找不到任何情感与精神的寄托。就像他父亲在考他听写时反复念的那个句子："出生在这个世界上难以忍受……"

小卢仁是在家里举行纪念其音乐家外祖父的晚会上，意外地发现了国际象棋的。纳博科夫在这一章的开头部分以一种很动情的方式来概括小卢仁的感受：

直到四月，复活节假日期间，卢仁命中注定的那一天终于到来了。整个世界突然昏暗下来，仿佛有人拉了电闸。黑暗中只有一样东西仍然闪闪发亮，那是一个新生的奇迹，一个闪亮夺目的小岛，他的全部生命将注定倾注在它上面。他抓住的幸福长存下来，这个四月的一天永远冻结了。四季在另一个层面继续更替，城里的春天，乡村的夏天，各有特色——都是一些暗流，对他几乎没有影响。

当然作为这个重要发现的呼应，同时发生的是他父母及阿姨这三角关系矛盾的爆发。幸好，这枚炸弹虽然当量巨大，却并没有毁了他，他逃了，逃到了象棋的世界里。而他父亲的情人，也就是他的阿姨，那个比他母亲有魅力的女人，意外地成了他最初的象棋启蒙者。这个场景，有种莫名的感染力。正是象棋，使那些令人焦虑烦躁的事件多多少少地被挡在了他内心世界的外面，就像被厚厚的墙壁和结实的玻璃窗阻挡在外面的风暴。在他看来，"今天每个人都疯了"。但他再也不怕了，他有象棋这个"神奇玩具"陪伴。也正是从这一天开始，他开始了行动，而不是无望地待着。这是所有人都没能料到的。

那个多情的阿姨，还有迷恋阿姨的老粉丝，父亲，还有父亲的那个医生朋友，以及那位地理老师(有名的业余象棋高手)……卢仁的象棋线索就这样慢慢编织出来了，直到他突然出现类似于神经错乱的毛病，"他的童年充满了生病的记忆……"。然后，十六年过去了。卢仁已从一个象棋神童变成了著名的象棋大师，但神经错乱的阴影并没有离他而去。他故地重游，来到了德国的那个疗养胜地。在那里，他回忆，讲述过去，而他的听众，是一个俄裔年轻女人。最先出现的，是她常用的手提包，放在桌子上。是她主动认识卢仁的，"方法是传统小说或者电影里的那一套"。她很好奇，因为她的生活里很少有什么会令她真正好奇。

她最动人的魅力是她的灵魂深处所具有的一种神奇的能力。她能在现实生活中感知曾在她童年时代（童年时代正是灵魂的本能不会出错的时代）吸引过她、折磨过她的事情；她能找到高兴的、动人的事情；她能对那些无助和不幸的生灵经常产生一种难以自制的怜悯柔情；她能遥遥感到在几百英里以外的西西里岛上有个地方一头肚子上长着毛的瘦腿小驴正在遭受毒打。无论何时，只要碰到正在遭受伤害的小生灵，她就会经历一场传说中的日食……就会莫名其妙地降下黑暗，尘土飞扬，鲜血出现在墙上——好像是她如果不能马上出手施救，不能马上制止别人对生灵的残害（在一个如此向往幸福的世界上，竟存在残害生灵的事，这是绝对无法解释的），她就心不得安，不如一死了之。因此，她生活在无穷无尽的、人所不知的焦虑之中，老是期待着新的惊喜或者新的怜悯。

　　看到这段文字，通常读者会松口气，孤僻而脆弱的卢仁大师，这回可碰到合适对象了，一个能无比坚定地给他"母爱"的女人。把自己的母性之爱毫不犹豫地给予一个独特的人，或许就是她的理想主义。

　　卢仁似乎从未走出过童年。尽管象棋帮他逃出了现实世界，但他的童年并未因此而结束，而是一直在蔓延。他始终都是个孩子。年龄、阅历与身体的发育变化并不能改变这一事实。他有过太多的不快乐和抑郁，就需要有这样一个女人出现，使他痊愈。这简直是天赐的好事。在卢仁大师的眼里，她不是凡人。他对她母亲说：

"想象一下我遇到了什么人。我遇到了谁？是一位神话中的人物。丘比特。不过没有带弓箭——带了一块小卵石。我被击中了。"

当然那时他还不知道，这"击中"的后果如此强烈。这意外的幸福像陨石似的降临了，把他带到了久违的温暖和幸福中，与此同时，他的身心也在最后一次重要的比赛中崩溃了。纳博科夫出乎意料地将这个幸福与崩溃合而为一，划出了卢仁整个命运的转折点。天才的卢仁大师，再也不能下棋。为了身体，尤其是为了爱情。她要求，如果他还爱她，就不要再去想什么棋。他接受了。他终于回到了疏离多时的现实生活里，过上了普通人的安稳居家生活。

卢仁太太的事业，似乎就是让卢仁彻底地忘掉象棋。卢仁也表现得比较配合，就像一个听话的孩子，听从母亲的安排，像个平庸的影子，活在那个圈子的边缘。象棋从他的生活里剥离了。不过，他的棋盘并没有在心里消失，只是棋子被拿掉了。取而代之的，是人，各种各样的人，也包括他妻子，还有他自己。这些人一点点地在他内心深处的那个无形的棋盘上占好位置，挪动，一步接着一步，进攻，防守。

他似乎已然进入成人的世界。真的是这样的吗？当然不是。他的童年，从未结束过的童年，跟他的象棋世界一道被压在了生活的土层下面，压在了他内心中最为幽深的地方。他就像白痴一样活着。他已走投无路。一切都停顿了，在等待着什么。也就是在这个时候，卢仁大师开始悄无声息地恢复了他那独特的思想方式。棋局从未结束过，形势紧迫，他得想出最好的防守方式，出奇制胜，就像那位安德森大师的那手弃双车的妙招一样，守中带攻，最终彻底地击败对手。他需要一个契机。他还在等。

纳博科夫喜欢在小说里安排一个导火索加雷管式的人物，就像影子一样若隐若现，但最终会起到引爆炸药的作用。《洛丽塔》里有个奎尔蒂，而《防守》里，则有那个瓦伦提诺夫，一个冷漠而狡猾的家伙。他把卢仁带走了，然后塞进一个只有象棋的封闭世界里。换句话说，如果说卢仁的家庭制造了卢仁的这一半，那么瓦伦提诺夫则是制造了卢仁的那一半。这两半是分裂的。生活在"幸福婚姻"中的卢仁，则几乎把这两半都丢失了，只剩下一个空壳。他需要借助某些外力来开启那被埋没的两个本来就不完整的世界，童年的，象棋的。他要恢复完整。就像已进入残局的一盘局势紧张的棋局，他必须下出终极的招法。在此之前，"他从头至尾都在看，都在听，琢磨下一步的线索以及这场比赛如何进展下去——比赛并非由他开局，而是由可怕的针对他的力量指挥着。"

中学时的两个老同学意外地出现了，接下来是认识他的阿姨的家乡人……那压着童年的石板被撬动了；然后就是那位瓦伦提诺夫，他又一次出现在卢仁的面前，要把他重新带回到象棋的世界里，试图榨取他余下的能量。此外还有卢仁太太费尽心思计划的像个要彻底战胜卢仁大师的棋局似的长途旅行也在向他招手……于是遥远的童年里的卢仁，还有象棋的世界里的那个天才卢仁，在这些因素的刺激下重新回到了现在的卢仁的空壳里，出乎意料的，他恢复了完整。整个棋局一瞬间明朗起来。他找到了那个终极的招法。这一步下出来，他们所有人都将无法应对，他将获得最终的胜利。确实如此。他得手了。在从家里洗手间的窗口跃身而出的时候，他知道，这次他真的得手了，彻底地，赢了这漫长的危险重重的一盘棋。

要是没有象棋的出现，没有天生的象棋才华，卢仁可能早早地就坍缩为零了。而象棋，则不过是使他从一个极端脆弱的境地里逃到另一个极端脆弱的境地里而已，只不过是他的一个临时的壳，跟那个早已破裂的家庭相比，并非更为安稳可靠，但在这里他可以避开现实，可以充分地耗尽自己，可以穷尽"防守"的招法，品尝一次次的胜利……而在现实中，他的处境从没有过本质的改变。当然最稳妥的终极防守招法，最终也是在这里领悟到的，那也是最后的一次逃离。他无法进入日常的现实生活，就像无法从童年记忆的废墟里重建成长过程一样，他能做的，只有离开。这一次，他完全想通了。

那些最深藏的细节似乎都被纳博科夫轻易地把握在手里，不动声色地编织起来，就像满是看不到的奶酪残渣气味掺杂着灰尘气息的波斯地毯，它的图案繁复而神秘，令人不安，隐匿着莫名的绝望与伤感。对于纳博科夫而言，他仿佛也取得了一场重要的胜利。而他的对手，就是他的那些总是试图破解他的"棋局"、突破他的"防守"的读者们，尤其是那些习惯于拿弗洛伊德的"精神分析"说事的批评家们。他们眼中的那个病人——卢仁大师，精神崩溃过的人，没被那所谓的"康复计划"所左右，自己找到了解决方式，完成了解脱——他们都被打败了，所有的人。

当然，这点乐趣并不是纳博科夫的主旨所在。说到底，在他眼中，卢仁大师是个真正的天才，也是真正的艺术家。而卢仁的故事，既不是喜剧，也不是悲剧，它是一种生活，是一种可能……它是独特的，超越常规的经历，而所谓的现实世界，也并非唯一真实的世界。作为艺术家，纳博科夫所做的，其实就相当于在告诉你：他捕到了一只奇妙的蝴蝶，然后拿给你看，在你看到之后，他又轻轻地一松手，把它放了。而留下来的，就是眼下这部结构精巧、色彩斑斓，而又隐约着某种奇异气息的作品，它是那么的纯净而又神秘，就像卢仁的眼睛一样。

能够超越死亡的真实生活

——关于纳博科夫的《塞巴斯蒂安·奈特的真实生活》[①]

在 1938 年至 1939 年，纳博科夫完成了第一部用英语写的小说，《塞巴斯蒂安·奈特的真实生活》。当时他生活艰难，常常不得不在卫生间写作。当然，还有什么能比他放弃母语、改用英语进行写作的抉择更为艰难的呢？他不得不放弃祖国，又不得不放弃了祖国的语言，成了彻头彻尾的无家可归的人。为了活下去，他必须面对这种放弃所带来的无比深重的失落。

假如语言意味着生活的肌肤和血肉，那么母语失落的生活，是不是就意味着被死而复生的表象所遮蔽的漂泊状态就是永远无法愈合的伤痛？而在这种状态下的任何对过去生活的追寻都注定是徒劳

---

① 本文所使用《塞巴斯蒂安·奈特的真实生活》中的文字均出自［美］弗拉基米尔·纳博科夫：《塞巴斯蒂安·奈特的真实生活》，上海，上海译文出版社，2009。

的？从这个意义上说，小说里的那位作家塞巴斯蒂安·奈特最后死于心脏病，可以视一种象征——令他"心碎"的是"爱情"，表面上看是对那位神秘的俄罗斯女人的爱情，但本质上其实是对俄罗斯的爱情。或者也可以这样说，那位再也无法觅其踪影的俄罗斯女人，就是纳博科夫心中的"俄罗斯"本身。塞巴斯蒂安·奈特的死，对于叙述者V而言，之所以是个永恒的事件，而不是别的什么日常事件，是因为它意味着语言之死，家国之死，过去之死，记忆之死，根脉之死。

"塞巴斯蒂安·奈特于一八九九年十二月三十一日出生在我的祖国以前的首都。"

这个句子除了透露了塞巴斯蒂安·奈特跟作者纳博科夫同年而生以外，还有别的含义：叙述者V对失去祖国是刻骨铭心的，所以用"我的祖国"来替代俄罗斯，用"以前的首都"替代圣彼得堡。因为俄罗斯、圣彼得堡，都不再是"我的"了。然而去国之痛并非人人都有，譬如对于那位流亡巴黎的俄罗斯老妇人来说，"那些年没发生过什么大事"。所以V（其实我们可以把它读成弗拉基米尔）几乎是讥讽地写道："因此，我可以正式宣告：塞巴斯蒂安出生的那天早晨晴朗无风，气温是（列氏）零下十二度……然而那位好心的夫人认为值得记载的仅此而已。"她的名字，"三个字的开头都是'O'，形状像鸡蛋，而且押头韵，我要是不把这个告诉大家，那就太遗憾了。"V几乎是忍不住在叫喊了：噢！噢！噢！当然，没几个人能真正听得见这样古怪的叫声，更不用说听懂了。

然而，我相信即使对于纳博科夫而言，那位老夫人的表现其实是可以原谅的，哪怕她笔下的日记是"枯燥乏味"的，也因为与"我的"圣彼得堡有关而异常珍贵，"没去过圣彼得堡的读者无法从她的描述中了解那个冬日所包含的种种快乐。天空万里无云，实在难得一见，上苍的意图不是让它暖人身体，而是让它悦人眼目，宽阔的大街上，雪橇辙印在轧得很结实的积雪上闪着柔和的光，辙印中央因混有许多马粪而略呈黄褐色……"

我们甚至在阅读那一大段饱含深情的描述中想象一个场景：V或纳博科夫忽然从日记上抬起头，默默地凝视着那个之前还是异常可恶的满是褶皱的脸，眼里忽然涌现出无法形容的怜悯与宽容……这些枯燥乏味的东西，就像小石头似的，竟然瞬间就丢到了已然无比遥远的过去，在那深湖般的所在激起阵阵美妙得令人心碎的波纹。

跟纳博科夫一样，塞巴斯蒂安·奈特也放弃了母语，用英语写作。或许，用俄语写下的跟用英语写下的作品，就是他们用笔创造的同父异母的兄弟。所以从这个意义上说，这本小说当然可以称为"传记"，同样也可以称为"真实生活"，只是我们必须要在前面加上个限定词："精神"。当我们称一部作品为"精神传记"时，它是写实的还是虚构的，它有着什么样的故事情节，它是不是真的很像侦探小说，是不是魔幻的，或者说所有那一切容易引发人们胡言乱语的东西，真的不重要了。可以想象，它在纳博科夫成名之后被重新发现，并被那些自以为是的批评家冠以"带有不合理的魔幻色彩的文学侦探小说"这种屁话式名头的时候，该会引来纳博科夫怎样的大笑。我们完全可以跟他一起把那个俄罗斯老夫人的名字再大声地重复几遍，让那一连串的噢噢噢声多回荡那么一会儿。

在那种试图揭开塞巴斯蒂安生活之谜的调子伴奏和掩饰之下，"塞巴斯蒂安·奈特的真实生活"并没有慢慢显现，而是走向了反面，跟随着叙述者 V 的引导，读者陷入了有意设置的叙事迷雾里。小说里那位饱受揶揄嘲弄的传记作者古德曼先生，其实只不过是有意设置的混淆视听的靶子而已，或者也可以称之为作者设下的一个明晃晃的圈套。从某种意义上说，古德曼跟 V 以及那些被 V 访问的人的作用差不多，只不过是制造错觉的形状不规则的镜子而已。这里所有的人物都是残破的镜子，他们彼此对映着，时隐时现、似是而非地围绕着那位仿佛真的存在过的塞巴斯蒂安·奈特，所有的映像彼此重叠交错，却并没有为读者勾勒出一位足够清晰的人物。

但是奇怪的是，伴随着叙述者 V 的徒劳探索的，并非只是些看起来全无头绪的东西，不知不觉中，塞巴斯蒂安的气息不时从字里行间透溢出来。你看不到一个形象清晰饱满的人，却能真切地感觉到他的存在。这就是纳博科夫想要的效果。他要以他的方式暗示我们，在写作中，写实与虚构只是没什么意义的说法而已，或者说它们根本就不存在，既然人们能意识到的不过是些局部、碎片、影子，既然记忆会出错、会跟想象混杂在一起，既然人人都有可能在面对过去的人事时下意识地编造些什么，既然只要叙述者不坦白别人就无法知道他描述的到底是不是真正发生过的，既然我们永远都无法透过别人的眼睛去看去体会世界……那还有什么必要去说什么写实和虚构的区别呢？你或者我，可能永远是他人眼中的或叙述中的某个人，永远没有真相。所谓的现实世界，就是在这样的错觉纷繁的状态下被构建出来的。

叙述者 V 徒劳地寻找那位让塞巴斯蒂安心碎的神秘的俄罗斯女人，只是为了更多地了解自己那位"同父异母兄弟"的生活经历吗？他是那么的执着而又随意地搜寻着，对于古德曼先生的主观臆断式写作他是那样的深恶痛绝，可他自己的调查研究后的叙述究竟又呈现出多少真相呢？人物是模糊的，故事是破碎的，但内容是丰富的，而塞巴斯蒂安，则是"真实的"，就像空气一样"真实"，弥漫着，也像雾一样，笼罩着那些能沉浸其中的人。

古德曼先生的"现实主义式"的分析和判断方式看上去是那么的合情合理。这种低级趣味直到今天仍旧相当普遍地扎根于主流评论家的脑子里，他们根本看不到少数特立独行的个体"与一个邪恶、厌烦的世界"之间的对照毫无真实性与可能性，看不到二者之间的"鸿沟、缺口、裂缝"，他们的想法就像"报纸的大标题、政治理论、流行的观念"一样，"不过是印在某种肥皂包装纸或牙膏包装纸上的喋喋不休的说明书（用三种语言写成，至少两种里有错误）。肥皂或牙膏的泡沫很多，说明书也很令人信服——可是仅此而已"。他们永远不会理解，对于塞巴斯蒂安这样的人来说，"时间和空间都是测量同一种永恒未来的尺度"。

　　塞巴斯蒂安感到不自在，不是因为他在一个不道德的时代里讲究道德，也不是因为他在一个道德的时代里不讲究道德，更不是因为他的青春在一个充斥着过分迅速产生的一系列葬礼和焰火的世界上没有充分自然迸发而产生压抑感，而是因为他逐渐认识到自己内心的节奏比其他人的要丰富得多。……如果他生性爱故弄玄虚的话，他很可能会炫耀这一点。可是他的本性并非如此，所以他只因为自己是玻璃当中的水晶、圆圈当中的球体而感到尴尬(但是与他最后安下心来从事文学创作时的经历相比，这一切都是微不足道的)。

V要把握的是塞巴斯蒂安的灵魂，而非其日常经历。对于那位神秘的俄罗斯女人的追寻，其实也不过是条象征性的草灰般的线索而已，与其说是试图用来反映塞巴斯蒂安生活经历的，不如说是用来逐渐消解这些可能的经历的。V像了解自己的内心一样领会了塞巴斯蒂安的精神世界，就像后者在其某部作品里叙述的那样：

我是那么的羞涩，不知怎么总是犯我最不想犯的错误。我极力去适应周围的环境，与其保持颜色一致；在这灾难性的努力中，我只能被比作一条患色盲症的变色龙。对我和对别人来说，我的羞涩本来更容易忍受，如果它是正常的、黏黏糊糊、疙疙瘩瘩的那种：很多年轻人都经历过这个阶段，而且谁都不会真正介意；可是在我身上，羞涩以一种病态的隐秘形式表现出来，这与青春期的痛苦没有任何关系。……我大脑里所有的百叶窗、盖子和门全天同时打开。大多数人的脑子星期天都休息，而我的脑子却连半天休假都得不到。这种全天候清醒的状态特别痛苦，而且它的直接后果也是痛苦的。我理所当然必须做的每一个普通动作都显得那么复杂，在我的脑中引起了那么多的联想，而且这些联想是那么微妙和费解，对于实际生活毫无用处，因此我要么放下手头的事不做，要么因为神经紧张而把事情做得一塌糊涂。

不经意间，我们会发现，叙述者 V 所做的，与其说是叙述塞巴斯蒂安的故事与精神世界，不如说是期望着与塞巴斯蒂安实现灵魂的重合。他们失落了共同的祖国，失落了共同的母语，但他们有共同的信仰与灵魂寄托——写作。他要通过写作完成这种重合，在自己的写作中延续塞巴斯蒂安的写作，在自己的生命中延续塞巴斯蒂安的生命。这样，当塞巴斯蒂安魂归故里，活着的 V 就与故乡重新建立起永久的精神联系，生与死，在这里消除了界限。

所以到在后来，V 开始使用"我们"来表达自己的想法：

"我们觉得，我们处在某种绝对真理的边缘，那真理光彩夺目，同时又几乎朴素无华。作者使用了暗示性词语，用这个不可思议的技法让我们相信，他了解关于死亡的真理，并准备告诉我们。过了一会儿，我们将从这个句子的结尾、下个句子的中间，或再下面的句子里，了解到会改变我们一切概念的东西，仿佛我们发现用某种无人试过的简单方式动一动胳膊就可以飞翔……人类生活的错综复杂模式终归是字母组合图案，现在我们用心灵之眼去拆解这些交织的字母，图案就变得很清晰了。至于词语，它显示出的意义简单得让人吃惊：也许最令人惊奇的是，一个人在他的世俗生命过程中，由于大脑被一个铁环紧紧围绕，被他自身的梦想紧紧围绕，他竟没有体验过简单的智力反射,这种智力反射本来会解放被囚禁的思想并给予它伟大的理解力。现在这个字谜解开了。这个世界经过重新塑造和组合之后,很自然地向灵魂显示了它的意义,就像它们两者的呼吸那么自然。……我们要小声说出那个会粉碎我们大脑的舒适和宁静的词语吗?我们要这样做。我们目前已经走得太远了,那个词语已经在形成,就要出来了。我们转过身,朝那张模糊的床,朝那个漂浮的灰色身形弯下腰——低一点,再低一点……"整个精彩绝伦的第十八章,都是为塞巴斯蒂安·奈特之死演奏的最为动人心灵的安魂曲。

或许,塞巴斯蒂安将自己的死理解为蛇蜕般的转化。而他的兄弟,叙述者 V 则将这种死理解为自己的新生。死去的不过是塞巴斯蒂安·奈特蜕去的躯壳,活着的是他的精神与灵魂,而它们,正与 V 同在共生。事实上,不管 V 有没有听到塞巴斯蒂安临终的呼吸声,不管他能否听到塞巴斯蒂安的临终话语,他的生活都将发生根本的改变,或者说,在此之前这种改变已经近于完成了。他发现了一个秘密:

灵魂不过是存在的一种方式——不是一种恒久的状态,因此任何灵魂都可能是你的灵魂,如果你发现了它的波动并进行仿效的话,'来世'可能是一种有意识地生活在任何选中的灵魂或任何数量的灵魂里的完全的能力,所有这些灵魂都没有意识到它们的可以互换的负担。因此——我就是塞巴斯蒂安·奈特。我感觉自己仿佛站在一个灯光明亮的舞台上扮演他……我无论怎么努力都无法摆脱我扮演的角色，塞巴斯蒂安的面具紧紧地贴在我的脸上，我们两人的相像之处是洗不掉的。我就是塞巴斯蒂安，或者说塞巴斯蒂安就是我，或许我们两人是我们都不认识的某个人。

在这样的一个结束的时刻，如果我们还能忽然间想起这部书的作者纳博科夫，那么，是不是可以这样认为：他所叙述的这一切，其实就是关于他自己的生活的寓言，它既非写实，也非虚构，它是真实的，仅此而已。在很大程度上，我们可以这样说：塞巴斯蒂安·奈特的"真实生活"，就是纳博科夫的"真实生活"。

尼克·亚当斯：另一种生活

——关于海明威的《尼克·亚当斯故事集》[①]

在海明威的人物谱系里，尼克·亚当斯始终是其至爱。他的每部小说集里都有尼克故事，而且都是压卷之作。他生前很可能一直都在希望能为尼克完成一本归宿之书（这从他遗稿里的那些尼克故事中可以看出端倪），最低限度的想法，也该是在一本书里让人们看到尼克的所有故事吧，但最终也没能实现。直到1972年，纽约的斯克利布纳父子公司把以尼克·亚当斯为主角的24个短篇小说编成《尼克·亚当斯故事集》，这件事才算有了个了断。而这已是海明威饮弹自尽11年后的事了。

编入《尼克·亚当斯故事集》的八篇遗作，其实透露出两种可

---

① 本文所使用《尼克·亚当斯故事集》中的文字均出自［美］海明威：《尼克·亚当斯故事集》，上海，上海译文出版社，2012。

能：一是继续之前的尼克系列故事，最后结集成书；二是把尼克故事写成长篇。前一种不难实现，也符合当年 D. H. 劳伦斯在评论海明威的《在我们的时代里》时敏锐地指出的"断片式长篇小说"的概念。只是对于海明威来说，后一种可能应该更有吸引力，或许会像《最后一片净土》那样，以一种细致缓慢的笔触展现尼克世界里诸多微妙的戏剧性场景，但要由此生成一部长篇，最后可能会是一部普鲁斯特式的巨制……以他晚年的身体状况，这几乎是不可能完成的任务。不想简单地做和心有余而力不足，使他在有生之年都无法将尼克安顿在一部书里。

尼克应该活在一本书里。这些闪闪发光的故事，只有放在一起才会有更强烈的效果。它们除了有着鲜明的海明威式风格——简练、冷峻、精于景物描写和微妙对话之外，还要多出几分含蓄、温情和莫名的忧郁。尼克的经历与海明威的非常相似，但他的故事却并不是海明威的，是那种心灵的共通性给了海明威写作的自由，也让尼克获得了恒久的生命力。

尼克也喜欢自由和冒险，但跟海明威相比他要内向得多，与外界有种内在隔阂，是个在残酷尘世深入体验过程中身心俱伤，希望通过重返故乡的山林、溪流，疗治伤痛、恢复内心宁静的人。海明威的人生轨迹是外展式的，而尼克的则是内收式的。海明威从家乡橡树园一路跑到了遥远的巴黎，在那里成为作家，然后不断变换生活的空间和聚焦点，扩大着生活半径。而尼克无论走到哪里，心里都始终牵系故乡，并将之视为灵魂所系的清净之地。从这个意义上讲，海明威塑造的尼克以及存放于尼克心里的故乡，更像是他用来对应喧嚣现实世界的另一端，尼克是那里的守护者，过着海明威想象的另一种生活……而作者自己则像个钟摆，在两个世界之间摆动不已。

　　写战后尼克返乡的《大双心河》，让很多人费解。但海明威很看重它，"这个故事写战争归来，但其中没有战争二字"。实际上，它跟后来的《老人与海》在方法上有很直接的关系。尼克跟老圣地亚哥所面对的都是一个没有他人的世界。尼克独自穿山越岭，沿溪钓鱼，没有内心独白，没有浮想联翩，没有悲痛也没有喜悦……就像一个没有过去没有未来的空心人，战争经历、所有内心感受统统被省略了。而在《老人与海》里，老圣地亚哥的整个人生差不多被省略了，他独自出海打鱼，在苍茫的大海上，在"获而无所获"的过程中完成他的最后一搏。对照之后就会知道，《老人与海》的手法其实就是基于《大双心河》发展出来的，只是运用得更为成熟、更富有变化。当然从境界上说，《老人与海》明显要阔大深沉得多，它将《大双心河》里的精神疗伤主题提升到了在"失败的胜利"中获得身心解脱和接受悲剧命运之后的精神传递的层面。

　　除了迷惘、厌倦、眷恋和孤独等话题，这本故事集里的几篇经典之作都以死亡为主题。尤其是《在印第安人营地》和《杀手》，在两个方向上将死亡话题推向了极致。在《杀手》里，让尼克崩溃的，并不是两个职业杀手的可怕言行，而是那个被追杀了四年的人竟然躺在家里等死，因为无处可逃。而在《印第安人营地》里，尼克以少年特有的懵懂心理在短时间里见证了生与死两个事件。没有人会想到产妇难产的痛苦会让她男人割喉自尽。一生一死，不过转眼之间，但造成的强烈冲击却足以令人失语。人生序幕尚未拉开的尼克，该如何面对生与死的现实问题呢？

> "死，难吗，爸爸？"
>
> "不，我想是很容易的吧，尼克。要看情况。"
>
> 他们在船上坐了下来，尼克在船艄，他父亲划桨。太阳正从山背后升起来。一条鲈鱼跃出水面，激起一个水圈。尼克伸手在水里，朝前溜去。清早冷飕飕的，手倒觉得很温暖。
>
> 大清早在湖上，坐在船艄让他父亲划着船，他蛮有把握地相信自己永远不会死。

读完这个结尾，联想到海明威和他父亲的相同死法（都用猎枪自尽，海明威用的猎枪是父亲送他的成年生日礼物），会有种诡异而复杂的感觉。活着是好的，但当人不想再忍受痛苦时，死或许是更好的选项，是彻底的解脱，或许还是另一种开始。无论生者还是死者，其实始终都是同在一个世界里的。正如我们在《两代父子》中看到的，在尼克那个懂事的儿子眼中，世界仍旧是完整的、延续的，而不是破碎的，哪怕只是因为精神和亲情上的某些因素的关联，死者与生者的关系也永远不会间断。

《尼克·亚当斯故事集》有种内在的明净和单纯，风格朴素、行文简练而富有弹性。通读它们，很容易纠正人们对海明威式短篇小说风格的片面理解——写对话的高手，因为海明威式的对话手法之独到和灵活，源自他对小说整体结构的深刻认识，尤其是在小说的气氛营造、节奏控制、层次分布和沉默方面的敏锐嗅觉和精深造诣。看不到这些，也就无法理解海明威的短篇小说在艺术上达到了何等纯粹的高度。而且，也只有基于这样的认识，面对他的"冰山理论"，才不会落入空泛的俗套。

没有被打败的人

——关于海明威的《老人与海》

　　1952 年 9 月 1 日那一期的美国《生活》周刊的封面人物，是厄内斯特·海明威。那期杂志全文刊发了他的新作《老人与海》。在那张封面照里，海明威的神情有些疲倦、略带轻蔑，就像刚从战场归来的上校，刚梳理好花白渐稀的头发，紧闭嘴唇，下巴明显内收，而冷眼略微上翻，像在反问：这回你们还有什么可说的呢？

　　在《老人与海》里，老渔夫圣地亚哥打败了那条大鱼，随后又被鲨鱼打败，"获而一无所获"。但它让海明威赢得了人生最后一场战役，击退了之前所有的质疑与嘲讽。老圣地亚哥的霉运持续了 84 天，但海明威晚年却被霉运纠缠了近 8 年，直到他完成《老人与海》之前就没顺过。在伦敦，他因车祸伤了头部，在意大利又意外枪伤了眼睛，比这些更糟糕的，是他有六七年没有出版任何新作，而

1950 年出版的《过河入林》又饱受批评，舆论普遍认为，海明威已然才尽。谁让他之前那么成功又那么自负？深陷漫长低潮期的他知道，自己必须进行一次彻底的反击，让"敌人们"重新见证他的勇气、力量。当然，这一次"上帝"站到了他这边。这本薄薄的《老人与海》，让他获得了至高的荣誉。

后来，在面对《巴黎评论》记者采访时，海明威声称《老人与海》本来可以长达一千多页，但他并没有这么去写，因为他要另辟蹊径。他要写的，不是一个像大海一样包罗万象的宏大复杂的故事，不是人一生的遭遇如何坎坷曲折，也不是要写什么普通意义上的情感关怀和理解信任，而是"一个人可以被消灭，却不能被打败"，是一个人独面世界的勇气和不屈服于命运的执着精神。当然，还有爱——老人与孩子之间的，对已故妻子的，老人对那条大鱼的，对变幻莫测的大海的，对睡梦中那些沙滩上的狮子的，甚至是对一只偶尔落到小船上的小鸟的……但它们都被海明威置于小说中的沉默与空白的地带了，它们始终都在。

《老人与海》以写失败开篇，以写失败结尾，似乎失败就是它的主题。但海明威的真实意图，其实是要写失败中的胜利。小说中的另一个主要人物——与老头关系密切的"孩子"马诺林只出现在开篇和结尾。这样的安排是有意为之的。有研究者认为，那个"孩子"并非十几岁的少年，而是二十出头的年轻人。在小说中，海明威之所以有意忽略马诺林的年纪，主要还是为了保持那种老人与孩子的对应气氛，以暗示"孩子"并非年龄意义上的，而是精神上的未成年"男人"的状态。

我们在开篇里看到，面对倒霉之极的老人，"孩子"听从父母之命，跟运气好的船出海捕鱼去了，因为他还不能自己做主，尽管心怀愧疚，但还是接受了"孩子"的角色，而且马上就有了现实回报，"头一星期就捕到了三条好鱼"。面对他敬爱的老头，他心里的那份敬爱之上又多出了很多同情甚至怜悯。有时他甚至也可能会像其他人那样，认为老头已不再是个强者，而是个需要有人照顾的垂暮老人。这意味着，在精神上，他还无法真正理解老圣地亚哥。

　　实际上，"孩子"面对的是两个截然不同的世界：一个是父母所代表的日常世界，是个必须"现实"的以成败论英雄的群体世界；而另一个，则是老圣地亚哥所代表的孤独但有男人气概的个体世界。"孩子"徘徊在两个世界之间，既依赖于前者，又向往后者。假设这次老人出海有他陪伴，那条大鱼还会得而复失么？也许就不会了。老人是这么想的，"孩子"自己最后也会这么想。所以结尾时，马诺林才会忍不住哭出来，那是一种强烈的内疚和自责。当然哭后他也就醒悟了，虽然老人又一次失败了，但他其实是又一次证明了自己是个真正的男子汉。所以他才决心以后要坚定地跟着老圣地亚哥。

　　另外在小说中，这个"孩子"大部分时间里是不在场的。在老人出海打鱼的那三天里，他究竟会想些什么，海明威没写。可是当老人在大海上艰难捕到大鱼，然后又痛苦地被鲨鱼群打败的整个过程慢慢呈现时，在某个瞬间里，读者可能会忽然想到那个"孩子"，甚至感觉到他的眼光与气息……在某种意义上，是读者代替了那个"孩子"在不知不觉中经历体验了老人在海上所经历的那一切，因此最后"孩子"的心理转变才不会让人觉得突兀。

一个真正的男人的内心深处，总是会待着一个"男孩"的。这是他的另一个自我，代表着原初的生命力、好奇心和想象力，对应着不断经验化并老化的世界。当真正的衰老时刻来临，这个内在的"男孩"就会逐渐外化，男人会将自己的精神投射寄托到一个现实存在的"男孩"身上，作为他的"精神之子"继续存在下去。老圣地亚哥在极度绝望的状态下拼尽全力做人生最后一搏，除了自己，以及那个慢慢浮现的"上帝"，他没有任何观众……他在那个日常世界里一无所有，他只属于那个孤独自我的纯粹世界，他也没什么可报怨的，因为他早已接受命运所给予他的一切。

　　对于海明威而言，《老人与海》就是他人生的最后一搏。他创造了一个被彻底"打败"却因此获得精神"永生"的老圣地亚哥，创造了一条了不起的却终于被老人杀死的大鱼，创造了一个摆脱脆弱并决心去做一个真正男子汉的"孩子"，还有那些残酷无比的如噩运般不可阻挡的鲨鱼，以及最神秘的大海……他将自己的全部精神能量倾注其中，所以这里根本不需要"象征"，他只需要让这一切存在。这本书就是他的"大鱼"，也是他的"男孩"。他相信自己的精神将会通过这本绝唱之作长久存在下去，他已做了自己所能做到的一切。哪怕是 1961 年的 7 月 2 日，他不想被疾病打败，在家中选择饮弹自尽，对于他来说，或许这也相当于最后一次出海。这一次，他又赢了。

缓期执行的崩溃

——关于菲茨杰拉德的《崩溃》①

"开口总是伴随着某些东西的失去，它再也不会如此深刻地属于你自己了。"（司各林·菲茨杰拉德：《崩溃》，上海译文出版社，2011 年）

1940 年 12 月，斯科特·菲茨杰拉德在写给女儿的最后一封信里是这样收尾的。这封信，恐怕是他给女儿写过的最短的一封了，它就像漂浮于犹豫之海上的一叶小船，风暴即将来临，四周缓慢涌动着阴郁的海水，可小船是空的。不知道这封信是他在哪一天写的，只知道在写完它没多久，离圣诞节还有四天的时候，这位了不起的菲茨杰拉德死于突发的心脏病，留下那部雄心勃勃的未竟之作

---

① 本文所使用《崩溃》中的文字均出自［美］菲茨杰拉德：《崩溃》，上海，上海译文出版社，2011。

《末代大亨的情缘》，令所有喜爱他的人惋惜不已。

菲茨杰拉德是个文学天才，也是个日常生活中的天真汉，可以说在正反两方面都很罕见。作为作家，他的成功来得太快，让他一下子被两大腐蚀剂所浸泡——成名并有钱，还迅速地养成了挥霍无度的生活习惯。他和妻子姗达尔不仅挥霍金钱，还挥霍生命。在这一点上他倒是跟他笔下那位著名人物"了不起的盖茨比"颇为神似。盖茨比为了爱情不惜一切代价和手段，最后在貌似最接近实现梦想之时却因事情败露又想代人受过而坠入了悲剧的人生终局。菲茨杰拉德则是为了自己深爱的姗达尔违心地去一起酗酒，违心地浪费才华精力去写那些可以赚钱的短篇小说，他知道这样不好，非常有害，但他愿意受着。早在巴黎的时候，他的老朋友海明威就很严肃地提醒过他，姗达尔会毁了他。可是他没办法，他能怎么样呢？他爱她，爱得那么不可理喻。他知道结果会是怎么样的。在那篇《崩溃》里，他这样写道：

> 人生之烦扰有多种花样，等察觉到自己已经崩溃，就不是单凭一次打击造成的，那是一种缓期执行。

严格地讲，这本《崩溃》不能算是菲茨杰拉德的"作品"。而应算是他的朋友们跟他共同完成的遗作。埃德蒙·威尔逊、斯泰因、T. S. 艾略特、伊迪丝·华顿、多斯·帕索斯、托马斯·沃尔夫，还有约翰·皮尔·毕肖普，他们分别以诗、书信和文章参与完成了此书。他们都是那个时代里文学界杰出的人物。作为理论家的埃德蒙·威尔逊在编辑此书的过程中展现出了深厚的功力。朋友的献诗，菲茨杰拉德的文章，书信（写给友人的、给孩子的，友人赞扬《了不起的盖茨比》的、鼓励他的，有不同文学意见的），还有友人怀念他的文章。每一个部分都是精心挑选的，都是为了和菲茨杰拉德一道描绘其形象而出现的。每一篇文字的出现都显得那么恰到好处，没有哪个是可有可无的应景的。可以这样讲，如果没有威尔逊这样的朋友，就不会有这样的一部作品。菲茨杰拉德泉下有知，应为此感到欣慰。

在老友埃德蒙·威尔逊的眼中，菲茨杰拉德其实更像是个"诗人"，而不只是小说家。所以他在编辑这部《崩溃》时特意用了两首献诗放了开头和结尾。一首诗是他的《献诗》，另一首则是他们的老友约翰·皮尔·毕肖普的《时光》，都为怀念菲茨杰拉德而作。尽管菲茨杰拉德从未以诗见长，但在威尔逊看来，他是在骨子里都充满了诗情的人，而且，这位"悲伤的主人公是个/热爱掌声却一生茕茕孑立的男人；/他连续几周酗酒，忘记用餐，/'狂热地工作'，从失败中汲取养分/一种抒情的骄傲；/他为酒馆里所有失声的小流氓/还有那些醉酒者和文盲/发出抒情的声音；/一天午夜他被一个酒友刺杀——/被背叛，是被见不得人的罪孽自我背叛——/然后在小提琴声中淡出舞台。"

属于菲茨杰拉德的那七篇文字，即便现在来看也都是优秀的散文作品。《爵士时代的回声》和《我遗失的城市》敏锐而精准地概括了那个"爵士时代"的精神。尤其是对于身处当下这个时代的我们来说，某些描述甚至会让我们感同身受，尽管我们无缘体会那样一个富裕得令人震惊的年代，但我们非常清楚地知道，什么是"年轻人早早地就心力交瘁——他们二十一岁就过得又艰难又疲惫，谁都没贡献出什么新东西……"

他一语道破了纽约这座现代国际大都市样板的本质：

> 在这座城市倾泻给本国的大量娱乐活动背后，只有许多既失落又孤独的人。电影演员的世界与我们自己的世界的相似之处在于，它在纽约，却又不属于纽约。它几乎没有自我，也没有核心……

按理说，这样一本书中绝对不该少了海明威的文字。但显然，编者埃德蒙·威尔逊不能原谅海明威会写那封充满冷漠嘲讽的信，或许在他看来，这样恶毒的信不应是朋友所为，它给菲茨杰拉德那本已脆弱之极的心带来了更为沉重的打击。但威尔逊却收入了菲茨杰拉德写给海明威的一封满是赞颂与友情的信。

作为老朋友，海明威其实就是想让菲茨杰拉德清醒，他知道斯科特并不是江郎才尽，而是还有很多的才华，所以他才要这样狠狠地激他那么一下。没错，斯科特是会被海明威深深地刺激到的，但他并不会真的怪罪他的厄内斯特。他知道这位推崇勇气的老兄在琢磨什么。这样的崩溃，以及其中的懦弱变成文字，在海明威眼中是极不体面的令人恼火的，因为他不是别的什么人，而是写出了《了不起的盖茨比》的菲茨杰拉德。但显然他已不再想辩解什么。他原谅了海明威。或许，将来，在饮弹自尽之前，海明威才有可能理解菲茨杰拉德的崩溃。

在这本《崩溃》里，最为特殊的一个部分，就是菲茨杰拉德写给女儿的那些信。在信里，他仍是明显有些疲惫的，但又保持着足够的耐心与理性。他清楚，可以坦承自己曾经崩溃，但又不能把这种崩溃的状态持续地呈现给女儿，相反，他在强调自己的复活状态之余，更需要的是克制地以理性与反思表达对女儿的关爱。他知道自己跟姗达尔在非理性的状态下付出了怎样的代价。他希望女儿更多地在理性之中掌握自己的命运。所以他才会这样告诉女儿：

> "你觉得快乐，我很高兴——但我对快乐历来没什么信仰。我也从不信任悲伤。那些是你在舞台、电视或书页上看到的东西，它们从不真正发生在你的生活里。生活中，我只相信对美德的犒赏（按照你的天赋颁发），以及对不履行任务的惩罚，惩罚的代价是双倍的。"谈及文学时他依然眼光犀利、见解独到，"我最早的发现之一便是：一些教诗歌的教授憎恨诗歌，并且根本不知道诗是怎么一回事。……诗歌要么是活在你体内火焰一般的存在——如同音乐之于音乐家或马克思主义之于共产主义者——要么就什么也不是，只是一种空洞乏味的形式，学究们可以围绕它嗡嗡地展开永无止境的注疏和解释。"

他提醒女儿什么样的作品才是真正的原创艺术品，而不是派生出来的。他认为，"今日的许多写作既受损于态度的缺乏，也受损于完全缺乏素材，除了在纯粹的社交生活中积攒起来的那些。通常而言，世界不在海滩上，也不在乡村俱乐部里。"就技术环节而言，他强调，"所有优秀的散文都靠动词来撑起句子。动词使句子流动"。

而关于写作本身，他还忠告女儿："没有人想成为作家就可以成为作家。如果你有要说的东西，任何你觉得前人没有说过的东西，你必须绝望地感受到它，以至于你能找到前人从未找到的方式去诉说它，直到你要说的内容和你诉说它的方式融为一体，密不可分，仿佛它们孕育于同一时刻……你所感受到和思考过的事物自己会发明一种新风格，当人们在谈论风格时总是对风格的新颖感到吃惊，因为他们认为自己谈论的只是风格，但他们谈论的其实是为了表达新观点而作的某种尝试——表达得如此有力，以至于这种尝试便带有了思想本身的原创性。这种工作极其孤独……从莎士比亚到亚伯拉罕·林肯到刚开始有书可读的年代，一切伟大的职业生涯背后都有一种感觉，即生命本质上是一场欺骗，它的境况是失败的境况，而拯救之物不是'快乐和快感'，而是从挣扎中取得的满足感。"

读到这样的句子时，你会觉得，他的那些话不仅仅是写给女儿看的，还是写给自己看的。从这个意义上说，直到死神降临之前，几经崩溃的他始终都没有放弃过挣扎。

九故事的钥匙在哪里？

——关于塞林格的《九故事》

"吾人知悉二掌相击之声，然则独手击拍之音又何若?"这段有名的公案里的话，出现在《九故事》的扉页上，自然是有意为之的。那么，塞林格想借此表达什么呢？二掌相击发出声，这是常识，因此才有"一个巴掌拍不响"的说法。可是，"独手击拍之音"又是怎么回事呢？若是有棒喝师在，问起掌声因何而起，答曰二掌相击的结果，估计是要挨棒子的。禅师的棒喝，要破的，是无人不知的常识里隐藏的惯性执念。世间的声音，譬如诸相，是无所不在，而又无所在的，从无到有，由生到灭，是流变不居的。人们"知悉双掌相击之声"，却不知"独手击拍之音"，原因就在于人们拘泥于惯性思维，执迷于纷繁表相，而看不到诸相无住的本质。无所挂碍，人才有可能理解凡所有相皆是虚妄的道理。

然而，人又总是执迷于表相的，惯于通过与他者的关系确定自己的存在，是以牵挂与纠缠、希望与失望，皆在其中酝酿，实在与虚无也会在其中沉浮隐现。人总是反复在他者处求"我"，想通过与他者的关系发出自己的声音，结果却是纠缠越深、执迷更深。却不知，在禅宗语境里，人修行的目的并不是为了有我，而是为了无我，是为了"应无所住而生其心"的境界。《九故事》里多有执迷不悟的人与事，塞林格引用这段公案里的话，或许就是试图给书里书外的某些人备下的钥匙之一。

世间恐怕只有小孩子才能自我娱乐地伸出手去捕捉风影吧？成年人满脑子的道理逻辑，也就很难有醒悟的希望，只能在越陷越深中腐朽下去。希望可能还是在那保有童真之心的人那里，因为只有他们才有可能知道"独手击拍之音又何若？"的醒悟之后，时间就多余了，死生之间的界限会在万念了却的无边寂静清朗间消解干净。孩子总是意味着诸多可能。而成人则总是要面对诸多的不可能，他们坠落下去，不可逆转，而孩子在飞升。孩子迟早都会变为成人的，但在这个过程中，他们还是有很多变数的。只有成人才是执迷不悟的。而在这九个故事里，塞林格反复描写的，基本上都是孩子与成人的微妙关系，当然也有少量是写成人之间的关系的，但也是关于成熟的成人与天真未泯的成人的关系，其中仍旧隐含着孩子与成人的状态。

这样的一部短篇小说集，必然会有多种读法。尽管这些小说是先后发表的，但从结集后的次序安排，仍能看出塞林格对整体结构是早有考虑的。它不是九个短篇的简单聚合，而是一个精心构建的整体。

第一篇作品，也就是被纳博科夫称赞为伟大小说的《逮香蕉鱼的最佳日子》，写的是青年西蒙·格拉斯的死，是关于绝望然后又微有希望最后仍旧是绝望的自杀，而那一点儿希望，与最后的绝望，都与那个小女孩儿有关。最后一篇作品《特迪》，写的是一个早慧得有某种特异思维与领悟力、有某种先知意味的孩子的死，他预见到了自己的死，甚至包括具体的时间，但他毫无忧虑地走了过去，接受了它。一个身心俱伤的青年人的死，跟一个领悟了人世道理的孩子的死（多少是有些含糊的，并不能完全确定的，但仍旧是死了），构成了整部小说集的首与尾。两种死显然是处在不同的层面上的，但最后无疑它们是重合在一起的，这就使这部小说集有了一个环形的结构。我们可以把它理解为圆满的结果，也可以理解为一种归零的状态。塞林格用九个故事构成了这部小说集，而不是八个或者十个十一个，显然是怀有深意的。阿拉伯数字从 1 到 9 之后，接下来的数字，就是零。零是数的起点，也是终点，同样也是事物的起点与终点。然而数字的组合使它们失去了本来的面目，以至于给人的感觉是它们可以变成无限多，可以有无限的变化。但再多的变化，最后仍旧会归于零，整个世界就是这样的，从无到有，到包罗万象，最后一切又都会化为无。

人的死，物的死，与整个世界的死，其实并无本质的区别。世俗中的人是贪生畏死的，看不到或不想、不愿看到这样的过程是必然的，所以就费尽心思寻找可以掩盖这一事实的事物，生出很多事端与是非，也弄出很多似是而非的道理与妄念、错觉与幻象，以至于再也找不到自己。所以特迪提示：需要一个把脑子里的"苹果"排出去的过程，这样才有希望领悟那种道理。而西蒙·格拉斯则没能领悟到这种道理，他无法使自己跳出身心受伤的情境，即使在绝望中也还是拘泥于那种世俗的情感，因而就像那些吃得太多的香蕉鱼一样，钻入那个洞里就再也无法回头了，不但没能将自己脑子里的"苹果"排出去，反而把自己排了出去。从西蒙·格拉斯的死，到特迪的死，是一个自我灵魂升华的过程。在特迪眼中，死与生、生与死，都是整体世界的一个组成部分，只有超然于生死的概念，才能在轮回中获得永恒的领悟。所以在他父母甚至其他人的眼中，他是无情的，而他说他在爱，是很爱，是那种"非常强烈的亲切的感情"，他希望他们拥有快乐，但他们不能快乐，也不能按他的本来样子去爱他。成人的世界，其实就是濒临死亡的世界，包括所谓的情与爱，也是濒临死亡的。

人在心脏不出问题的情况下，很难会想到它的存在，想到它在以什么样的方式和状态活动着。尽管人们也会时不时地说到心痛心苦或者心醉心酸，但其实指的都不是实际上的那个"心"。就像人人都会用"我"开头来谈论自己的感受与生活状态，但恰恰又少有人知道"我"之为何一样。不能意识到并理解了世界作为一个整体的存在，就无法真正知道"我"在哪里，是什么，要走向哪里。

在《九故事》里，呈现了一系列失去"我"的成人的生活状态。他们都是那么的脆弱、焦虑、浮躁，虽然原因与表现各有不同，但状态大致相似。而与他们相对应的，又总是一些天真的多受他们影响甚至伤害的孩子。在他们与孩子之间总是有着微妙难解的感应与隔阅，他们对孩子存有某种无法说清的需要，但这对孩子们来说又什么都不是，无法理解，所以相互需要又相互伤害的局面就会反复出现。

在《逮香蕉鱼的最佳日子》里，出人意料地给绝望中的西蒙-格拉斯以些微希望跟致命一击的，就是那个早早就懂得妒忌与冷漠的小姑娘西比尔。在《威格利大叔在康涅狄格州》里，可以看到把自己的生活搞得一团糟的女人埃洛伊斯（小说里称她是姑娘，显然在暗示她的不成熟），对有严重自闭倾向的小女孩拉蒙娜的伤害。拉蒙娜给自己想象出一个伙伴——吉米，这样就使得她的自闭生活变得可靠一些，在母亲的身边有了一个真正属于自己的狭小而又无限的封闭世界，而她的母亲，那个姑娘，则因为无法进入到这个空间里而近乎发疯失控。拉蒙娜做到的是一个成人所做不到的事。埃洛伊斯只能靠点滴的乏味回忆与怀念来支撑自己的微弱信念，以抵抗无法摆脱的混乱污浊的现实生活，所以她对女儿拉蒙娜有种无法排解的成人式嫉妒，在某个瞬间里甚至既爱又恨，就像恨自己恨生活本身一样，因为她无法做到像拉蒙娜那样轻易活在想象里。这个已经做了母亲的姑娘，被卡在了成人与孩子之间的狭窄而又渊深无底的沟壑里。她跟自己的好朋友玛丽·简在寒冷的天气里躲在家里喝酒聊天的场景，跟海明威在《三天大风》里描述的少年尼克跟好朋友在大风天一起坐在壁炉旁边烤着脚偷偷喝酒的场景多么相似，但这样的好时光如今在埃洛伊斯心里早已变成了伤疤的一部分了，随便碰到哪里都是痛楚，没错，以前，很久以前，她也曾是个好姑娘。

罗斯特洛波维奇在独奏巴赫的无伴奏大提琴组曲时停下来讲解

音符组合方式："……因此在演奏中就必须加入自己的潜意识，因为有些声音在现实中是听不到的，你必须以潜意识想象。"在我看来，塞林格就是这样的一个独自沉浸在自己的想象世界中的演奏者。无论是残酷还是悲哀，或者是绝望与感伤，都被他在一种淡定而自然的状态下充分地加以演绎，他演奏的不是可以听得见的声音，而那些现实中听不到的声音，他在想象中捕捉到它们，轻缓地触动它们，抚摸它们肌肤与纹理，给它们以新的生命状态。他是不动情的，就像不动声色一样，他只是希望以它们本来的样子完成一种想象世界的构建，他知道那是怎样的一种过程和效果，他无所不在，而又置身事外。他并不提供一种约定的线索，以供你顺其摸到作品的核心，因为那样的线索是不存在的，在一个圆环中有的只是各种各样的点。当你感觉到某种东西的时候，任何一个点都可能是入口。

在这九篇小说里，居于中间的，是那篇相对平和许多的《下到小船里》。它甚至带有其他篇小说所没有的一丝亮色，因为它暗示了某种和解，成人与孩子在内心深处的那种瞬间感应。跟塞林格笔下的所有孩子差不多一样，四岁的男孩莱昂内尔也是个敏感、孤僻、自闭的孩子。两个庸俗的女人对他父亲的随意谈论与恶意评价，伤了他的心，就像面对以往任何伤害一样，他选择了逃避，躲到了小船里。而他的母亲波波，那个不漂亮却能默默地善解人意的女人，以其特有的方式，一点点靠近他，小心破解了他设置的一切障碍物，进入到他的世界里，使他与自己和解，并把他带回到现实中来，带回到温暖的感觉里，一起跑回家，她让莱昂内尔跑赢了。

那么在此之前的其他时间里，她作为一个母亲过的是什么样的生活呢？在她身边的他，又何以变成这个样子的呢？这种疑问，让人对这种短暂的和解状态产生更多的疑虑，今后她与他的生活将会是怎么样的一种状态，谁都不能预料。

另外一个带有某种和解色彩的故事是《就在跟爱斯基摩人开战之前》。骄傲的女学生吉尼向来看不起周围的同学。尽管开篇就描写她的有点小气、与同学塞利纳计较车钱之类的事情，但其实作者要写的却是她的宽容与理解力。吉尼在塞利纳的家中碰到了后者退伍不久的哥哥以及哥哥的朋友，他们的战后反常状态，深深地触动了她，她不但没有看不起他们，反而在聆听中生发了同情怜悯之心。她理解了他们的处境与糟糕的心态。以至于最后她主动与塞利纳和解了，甚至连那块让人不舒服的三明治都没忍心扔掉。她知道内心的伤害对于他们来说是件多么容易发生的事。她怎么会有这样的心胸与感知能力呢？无法知道，但你知道她这样的人在现实中是弥足珍贵的。

塞林格笔下的青年人，基本上都是被严酷生活现实轻易打垮的。要么是战争，要么是别的什么遭遇，他们陷在心理困境里不能自拔，找不到任何出路与希望。孩子们是很难理解成人世界的，尽管他们可以想象猜测。而青年人的遭遇与状态，对于孩子们来说是相对比较切近些的。与令他们感到不安的成人世界相比，青年人的世界则让他们感到了那种莫名的心痛与恐慌。在《笑面人》里，通过那个近乎童话的"笑面人"的故事，塞林格把一个内向得有些自闭的青年在现实感情经历中的挫败感折射得淋漓尽致，比悲惨遭遇更为可悲的是，笑面人除了那个侏儒欧姆巴跟动物们以外，没有一个可以信赖的人。那个叫玛丽·赫德森的总是穿着海狸皮大衣的姑娘，是小说里除了酋长之外最为神秘的一个人物。她的神秘与笑面人、酋长的神秘是不同的，她是身份与生活的神秘，显然通过反复强调的穿着以及抽的香烟就可以知道她家境富有，甚至可能还是个已婚女子，可能还有个婴儿等，其他的呢，就无从知晓了。杀死"笑面人"的，其实并不是什么无情无义的那对父女，而是现实。同样，让酋长与玛丽相遇又分开的，也是现实本身。这个现实是什么？是容不下"笑面人"的世界，也就是容不下童话也容不下异想天开以及一点点单纯浪漫的这个世界。最大的痛苦并不是死，而是死之前的无尽煎熬。当然这些不可能是一个9岁的男孩儿所能想到和懂得的了，但足以让他回到家里之后继续在床上发抖。那个罂粟花瓣面罩，则似乎暗示着弱不禁风的天真想象。天真总是死于现实之手，尽管还有爱。

与绝望相伴的，常常就是爱了。最强烈的爱的背面，就是最大的绝望。没有爱，就没有绝望，反之亦然。只要死亡还没有真正来临，那么绝望与爱就会始终相伴。当然，它们也可能会在死亡来临之前在一起彼此消解，什么都不留下，除了一片灰烬。在《九故事》里塞林格所描写的最微妙而又纯净的爱，就是那篇《为埃斯米而作——既有爱也有污秽凄苦》了。它就像一首没能完成的乐曲——仅有几个音符的曲子，连个最基本的和弦能否够得上都难说，或许只是一个音符，按下去，不再延续其他的音符，只有不绝如缕的泛音。战争让人漂泊异乡，也给人带来偶遇，一个年轻军人跟一个出身高贵的早熟少女相遇该是件多么奇妙而浪漫的故事啊，但关键并不在这里，重要的不是相遇，而是一个孤单的人发现了另一个孤单的人。埃米斯之所以能让"我"终生难忘，是因为她发现了他的孤独，发现了他有一张敏感的脸庞，其实也就是发现了他的敏感的心。她除了同样敏感孤独之外，还有着坚定、高雅的气质以及对美好未来的追寻。而这一切恰恰是"我"所没有的。战争是能够使现实世界充分显露其污秽与凄苦的面目的，也正是在这样的背景下，些微的模糊单纯的爱意，才显得如此的难得。战后的"我"心如死灰，未了的只有对埃斯米的怀念，留在他的与他人充满隔阂的生活状态下。在描写污秽与凄苦经历的后半部分，给身心俱伤的他带来些许慰藉的埃斯米的那封信——模仿成人口气写出来的一本正经的信，给了他一些活下去的力量。那块在邮寄的过程中碎了的特别手表，并不是什么幸运符，而是一个女孩子最微妙而深沉的爱，对父亲的，对他的，都是怀念，它破碎了，显然，它所承载的那种时光也就随之停止，他再也不能回到那个时间里了，就像他再也不能恢复为健康的人一样。这篇小说或许并不是《九故事》里艺术成就最高的，但毫无疑问是最为感人至深的，它的情绪与感情是如此的压抑，又是如此的绵延不绝。埃米斯的弟弟查尔斯的那个关于墙角见的谜语，是关于孤独与孤独相遇并发现的最好见证。在这个充满污秽与凄苦的世界里，它就像一抹略微有些怪异但又天真可爱的微笑。

爱也可以令人疯狂。《嘴唇美丽而我的双眸澄碧》写的就是因爱而疯狂的故事。一个情绪混乱且喝了酒了的男人阿瑟找不到了自己的妻子琼安妮，她走了，或许是同样喝多了。他四处打电话找她。他的朋友李是个明显要成熟很多的男人，李始终都在耐心听着阿瑟的语无伦次的倾诉，那一再打来的电话。他说什么话都是那么的自如自信，你会把他当成一个最知心的朋友。但是随着故事的推进，事情真正残酷的一面开始慢慢显露。李身边的那个女子，令人莫名不安并生疑，甚至你会在她偶尔浮现的瞬间里，忽然想到，她是不是就是阿瑟正在找的妻子琼安妮呢？这个驯服地待在李身边的蓝眼睛女子，没有透露任何更可疑的迹象。阿瑟在混乱无序的倾诉过程中展现了他的脆弱敏感、心胸狭隘，以及情绪容易失控的性格，当然也表达了他对琼安妮的深深的爱恋，并且让你知道了她为什么会离他而去。直到阿瑟忽然说想到李这里来，并被阿瑟婉转地拒绝了的时候，那个蓝眼睛的女子的话才真正让你意识到，她很可能就是琼安妮。她在李这里找到了暂时的避难所。而这时候你会发现李是个真正的江湖老手，面对这样的局面仍旧能应付自如、不动声色，说谎都不需要打底稿。她呢，琼安妮，是个好姑娘。阿瑟也这么说，当然也是说给身边的她听的。好朋友做了第三者，似乎还并不是最严重的事。真正严重的是，阿瑟差不多疯掉了，竟然产生了幻觉，以为琼安妮回家了。

这篇小说似乎是《九故事》里唯一没有涉及孩子的。但是事实上阿瑟也好，琼安妮也好，在心理上都是一种未成年状态。在现实压力之下，在问题面前，他们都异常的脆弱，都急需别人的呵护，因为他们并没有完成进入成年的过程，就像大孩子一样，还需要引导与爱护。但是阿瑟做不了琼安妮的父亲或者兄长，就像琼安妮做不了他的母亲甚至姐姐一样。他们的小船轻易就被现实撞了个粉碎。她逃到了李的身边。而整个过程的参与者与旁观者，阿瑟的好朋友李，在最后一刻也差不多快要崩溃了，他可能会感同身受地意识到，自己意想不到地成了一出悲剧里的重要角色，甚至就是导演者。他领悟到了什么呢？这样的一个结局，也差不多出乎所有人的意料。

未成年人与成年人的矛盾、对抗，在《德·杜米埃-史密斯的蓝色时期》里显得尤其直接和日常化，而他们矛盾的原因却是因为对同一个女人的爱，史密斯的母亲，博比的妻子。这个时候的史密斯差不多是在潜意识里扮演起自己的父亲了。颇有绘画天赋的十九岁的史密斯逃离继父，试图去过自己想要的生活。一方面是出于对同样继父博比的排斥，另一方面就是他强烈地觉得"独身自处"是种福分，典型的青春期自我意识突然觉醒的表现。他逃到了一个古怪的艺术学校里，跟一对古怪的老夫妇待在了一起，做那种枯燥乏味得令人绝望的函授工作。但是一位有绘画潜质的年轻修女艾尔玛激发了他的全部热情，以至于不知道做任何的克制，不但给修女写信，还贸然提出去修道院看她，随后还有从模糊到清晰的爱情性爱的幻想。这种冒失轻易就毁了他的幻想，也把艾尔玛的绘画梦想毁了。他甚至不知道自己的冲动之举让艾尔玛修女付出了多么沉重的代价。而他自己，也在这次冲动之后结束了逃离之旅，重新回到了继父身边，回到了学校，过起了看起来正常的准青年生活，没事儿就"考察所有夏季活动的动物中最有趣的一种——穿短裤的美国少女，直到美术学校重新开学"。实际上那对古怪的老夫妇是颇有与死亡相关的象征意味。而修女艾尔玛则有着压抑禁锢中渴望呼吸的意味，在两种极端状态之间，史密斯的出现把它们都打破了，于是他只好重新逃回到原本厌烦了的现实里，并且坦然接受了。这个反高潮式结局是九个小说里最不深刻突兀的一个，近乎骤然间归于平淡的感觉，史密斯的形象忽然间模糊不清了，而真正清晰得不能让人忘怀的，反倒是艾尔玛修女，还有那对违规开办美术函授学校的古怪老夫妇。

如果不用"九故事"作为小说集的名字，而是像通常作家们所做的那样用一个小说的名字作为整个小说集的名字，那么最能概括这个集子的气质的，可能真的就是那篇《为埃斯米而作——既有爱也有污秽凄苦》。爱与污秽、凄苦这几个关键词确实能概括九篇小说的气息。整个九个故事里没有一个获得幸福的人，甚至没有一个真正能够由衷地快乐起来的人。但事实上塞林格根本不会看重幸福或快乐这样的切入点。他所关注的是禅宗意义上的领悟，对生命本身，对生活本身，对现在，过去以及未来。只有如此，人才有可能从世俗世界的污秽与凄苦甚至于纠缠不清的爱中脱身而出，获得彻底的解脱，进入更为广阔而自由的境界，甚至可以超越生死的局限。塞林格让笔下的那些年轻人、孩子还有不成熟的成人们经历或者看到爱、对爱的渴望、死亡、绝望与疯狂，他试图让他们以外的人们明白人生是多么的需要领悟而不是那些盲目的执着与反抗，更不要说自暴自弃式的武断决绝了。脱开世俗的人际关系链条，回归本我，直至进入"无我"之境，才有可能摆脱具体而又庸俗的爱与痛、生与死，真正做到无牵无挂地与世界同在。那么在现实生活中有这样的希望之路吗？至少在这部小说集里人物的生活中是看不到的。这里有的都是一些深陷困境而又执迷不悟地绝望中人。除了秉赋特异的特迪之外，在那些孩子们身上也看不出有多少领悟的希望可言，他们甚至都来不及醒来，更不用说领悟了，基本上都是一头撞在坚硬而无比的世界表面，碎得看不出样子。从这个意义上说，塞林格尽管坚持提示领悟的重要，却又对现实中人根本不抱什么希望的。他所能做的，或许就是独善其身，隐居起来，做一个世外之人吧。而他的隐，却并不能说是逃避，倒更近乎佛家所说的"跳出三界外"的意思。对于塞林格的避世，世人的理解实在多的是摸不着门路的乱想臆测，无论是称其在避世中写下无数文字已是世界文学的一笔重要财富，还是讥其哗众取宠故作神秘以不断吸引世人的眼球，这些说法都来自同一个层面，天真而又庸俗得让你不想说什么。

说来说去，关于《九故事》，最值得说也是最难说的，还是它的写作艺术。整部小说集结构的艺术前面已有述及，自不必多说了，他对小说集的整体感及把控能力是整个二十世纪小说家中比较少有的。九篇小说不仅仅是九篇作品，它们构成了一个作品，这并不是说里面有人物有所穿插，而是说它们从不同的角度去追寻领悟的境界。他试图通过整体的困境，来暗示领悟的必要性。

在我看来，这九篇小说里在艺术上达到很高境界的，当属《逮香蕉鱼的最佳日子》《威格利大叔在康涅狄格州》《笑面人》《为埃斯米而作——既有爱也有污秽凄苦》和《嘴唇美丽而我的双眸澄碧》这五篇。在这些小说中，塞林格特别喜欢使用对应的结构。比如，在

《逮香蕉鱼的最佳日子》里前面那部分大段的电话对白与后面海滩上西蒙·格拉斯与小姑娘西比尔在一起那个场景的对应，他的绝望面对的环境背景，绝望是如何膨胀起来的，又如何最终达到了极致，都是通过这种对称的结构来得到有层次而又充分地体现的，所以最后那自杀的一枪开得虽然出人意料但又是必然的。在《威格利大叔在康涅狄格州》里那个年轻母亲与女友的对话和她女儿跟想象中的人在一起的场景，一个成人的失败而混乱的世界与一个小女孩儿的封闭而幻想的世界同样也都构成了对应关系，就像一个覆巢压着一个破碎的蛋。在《笑面人》中则是童话的笑面人故事与现实中酋长的故事相对称，而这一次的对应是穿插交错进行的，同时这种对应又没有直接的关系，只是在气息上或多或少有点暗示。《为埃斯米而作——既有爱也有污秽凄苦》则把模糊克制的爱意经历与后来的战争创伤对应起来，从而使那最微妙也最朦胧的爱意在这种对应的过程中变成了最可宝贵的同时也是不复重现的东西。在《嘴唇美丽而我的双眸澄碧》里，则是完全使用了《逮香蕉鱼的最佳日子》上半部分的方式，通过电话对白以及对话双方各自的状态来构成一种对应，当然，这一篇里的对话变得更有层次，也更有空间折叠的感觉，而不是像《逮香蕉鱼的最佳日子》前半部分那样有意制造一个完全平板化的烦躁麻木的状态，它的推进过程非常耐人寻味，情绪的起伏、情节的转换与节奏的变化配合得恰到好处，使整个小说的能量在最后爆发之前得到了很好的积蓄。

塞林格是个洞悉现代戏剧精髓的小说艺术家，他知道"空"的力量，就像知道压抑、克制的力量一样，一方面他在每个小说里都将起点放在人物情境抵达或即将抵达那种难以形容的临界状态上，另一方面又能做平淡从容、不动声色又不乏些许幽默地叙述。对于提出"冰山理论"的海明威，甚至对于更早写了《都柏林人》的乔伊斯，在这个谱系上，他的小说艺术可以说达到了某种极致状态，其艺术特征似乎只有天文学里的黑洞才能形容。他的文字体现的不是那种外放的力量，而是内缩的强大吸力，甚至能将光线以及任何信号都统统吞噬。而从理论上讲，他的整个写作过程也确实呈现出星球"坍缩"式的走向。所以他写完《九故事》之后，实际上已透露出了不会再多写什么的迹象。在这样的一种文字密度与强度之后，他已很难再有突破了，更何况他还在禅宗里找到了自己的精神归宿。写完那几个中篇，他其实就是收笔了。

麦田里没有守望者

——关于 J. D. 塞林格的《麦田里的守望者》①

要是你有兴趣，并能找到 1951 年 7 月 15 日的《纽约时报》，就会在书评版那个"哎呀"小栏目里发现那段速评文字："这个塞林格专写短篇小说。他知道如何写孩子的故事。但本书实在太长了。有点单调乏味。他真该把这群笨蛋学生和学校里的荒唐事大幅修剪。真让我失望。"②当然，这是针对《麦田里的守望者》来说的。这篇没有署名的超短评，基本代表了当时一些评论家对塞林格以及这本书的轻蔑，随后来自社会保守人士的批评比这更是有过之而无不及，有些地方学校图书馆甚至将此书列为禁书。正像我们所熟知的那

---

①　本文所使用《麦田里的守望者》中的文字均出自[美]J. D. 塞林格：《麦田里的守望者》，南京，译林出版社，2007。

②　[美]查尔斯·麦格拉斯：《20 世纪的书：百年来的作家、观念及文学：〈纽约时报书评〉精选》，200 页，北京，生活·读书·新知三联书店，2001。

样，适当的禁止会推动一本书在社会上的影响力迅速提升。如果这本书恰好又确实是一本真正的好书，那它就会很自然地成为经典。从这一点上说，塞林格和《麦田里的守望者》又是幸运的。

差不多十年后，当厄普代克以被塞林格启蒙过的晚辈身份，为塞林格新作《弗兰妮与卓埃》撰写的那篇相当有分量的书评《可敬的格拉斯兄妹》刊登在《纽约时报》书评版的时候，塞林格显然已经开始进入当代经典作家的行列。而在这十年间发生的，则是《麦田里的守望者》这本书近乎疯狂的再版，并被很多学校相继列为必修读物。

在美国新罕布什尔州的乡间，有那么一片方圆四千多平方米的土地，那里有小山、有河流，山顶上有座小屋，周围种着许多树木，外面的围栏上装有近两米高的铁丝网，上面还有报警器，如果有人来访，都得先递送信件或便条；如果来的是陌生人，就会被主人拒之门外，甚至连个理由都不给；这位主人很少公开露面，偶尔开车到镇上去买点书刊杂物，也极少与人说话，要是有人跟他打招呼，那么他马上就会离去……他就是塞林格。

隐居以后，他异常缓慢地又出了四个中篇，随后就再也没有发表过任何作品。有人声称，塞林格的隐居处一定积累了大量令人惊叹的无价手稿，也有人认为，塞林格早已江郎才尽，对东方哲学及禅宗的迷恋使他陷入虚无之境，不事著述也无力著述，更有些人庸俗而又恶毒地声称塞林格这么藏起来的目的不过是为了故作玄虚吸引眼球而已。这些猜测，其实与塞林格本人都没什么关系，与他的作品也没什么关系。事实上，无论如何，我们所谈论的塞林格，终归只能是写了《麦田里的守望者》和《九故事》，还有《弗兰妮与卓埃》的那个人。他还活着，当然不是在生于 1919 年并活到现在的那种意义上的活着，而是通过他的那些作品，超越日常生活之上地继续活着，保持着简练、缓慢和沉默的特质。你可以抓住那些作品反复揣摩甚至猜测些什么，但永远也不要指望能抓住现实生活里的塞林格，因为他是个异常出色而又成功的逃离主义者。

有不少评论家认为，《麦田里的守望者》虽然确实算是塞林格的代表作，但要是从艺术水准和成就上说，还不能与他的那些精妙的中短篇相提并论。有些正统评论家的苛刻常常显得似乎很有善意，他们惯于通过对作家某些作品极力抬高来刻意压低其他作品的价值，并以此来展示其眼光的"高明"。而实际上的情况恰恰相反，他们最终展示出来的总是愚蠢与无知。可以这样打个比方：在他们的思维里，或许用一条腿走路或用八条腿走路的作家才是真正了不起的，而用两条腿走路的，则多是平常之辈。他们总是惯于在超限层面上去苛评作家的能力与水平。当他们把塞林格列为短篇小说大师时，实际上就是要把《麦田里的守望者》踢到旁边去。然而这本书，对于塞林格恰恰是最重要的。从某种意义上来讲，它就是塞林格的《创世纪》和《传道书》。它是一个预言，其中隐藏着作为作家的塞林格和社会中人的塞林格生命走向的全部密码。甚至可以这么认为，正是从这本唯一的长篇作品开始，塞林格确定了自己的方向，开始转向内心世界，或者说是开启了其坍缩式的写作之路（其特征是日益趋向于简约、内敛、沉默以及寂静，越写越少的，近乎虚无的；与之相反的是膨胀式写作，像约翰·厄普代克那样的）。

这是一本关于逃离的书。就小说本身的主题而言，也可以称之为逃离失败之书。少年霍尔顿·考尔菲尔德在第四次被学校开除之后，试图逃离身处的环境，但他太弱了，最终也没能逃离那个小世界，反而被看作精神出问题的人，进了疗养院接受心理专家的治疗。对于霍尔顿而言，最后的结局无疑是个阶段性的小悲剧，这是不可避免的，因为他是那样的无力、脆弱、敏感，对周围的世界充满了怀疑和不信任，他既不能变成一个符合社会标准的那种正常健康的孩子，也不能成为自甘堕落的那种扭曲病态的孩子，他所谓的"麦田"，不过是介于二者之间的那块似是而非的虚幻空地，根本就不曾存在过。

　　退一步讲，就算这块"麦田"是存在的，其中也还是没有他所想象的"守望者"的位置，就算有的话，他也可能早就掉到悬崖下面了。简单地讲，他的那些朦胧的想法在现实里根本就找不到落脚点。但对于塞林格来说，这本书却足以称得上是为他自己的逃离做出巨大贡献的成功之书。正是通过这本书的巨大成功，塞林格一下子就跳出了约定俗成的生存模式，甚至可以说是跳出了作家生存最常见的那套体系，过上了相对隔绝的真正属于自己的个人生活。

　　以往的某些主流评论家喜欢或惯于将霍尔顿·考尔菲尔德称为"当代美国文学中最早出现的反英雄形象之一"。这种说法其实是怪异的。不过我们也可以把这种说法作为一个由头，来稍微深入地说一说霍尔顿这个少年形象。实际上，对于了解美国近现代文学脉络的人来说，看《麦田里的守望者》，用不了几章就能想到另外两位经典作家的两件作品，一个是马克·吐温的《哈克贝利·费恩》，另一个是厄内斯特·海明威的《最后一片净土》,《麦田里的守望者》是有资格与它们放在一个谱系里的,而霍尔顿·考尔菲尔德这个形象,也同样有资格与哈克贝利·费恩、尼克·亚当斯站在一起。这里确实可以隐约感觉到一个变化的脉络,一个从原生态到非原生态的变化过程,一个从外向内的变化过程,一个从张扬活力到生命坍缩的变化过程。这三个男孩形象之间,呈现的是一条能量逐渐递减的下落曲线:哈克贝利的经历被称为历险记,充满了野性与活力;到了尼克那里,一个男孩子已不大可能离开父母进行无所顾忌的冒险远游了,顶多也就是悄悄拿了父亲的猎枪,跑到离家不远处的禁猎区去打猎,然后为了躲避想象中看林人的追捕带着妹妹在森林附近躲来躲去,最后还是得回到家里;到了霍尔顿这里,不但没有什么路途遥远的历险,连跑到森林里野那么一下的机会也没有了,他的野游范围已经被缩小到学校、家以及城市里的角落之间。同样,从个性上讲,哈克贝里是自信、胆大、心细与活力四射的;尼克则是有一定胆量和勇气的,但活力已经明显不足了,而且性格中多了些许犹疑的东西;而霍尔顿则是异常敏感、怯懦、脆弱而又容易激动的,最重要的一点是,他与两位前辈相比显得异常孤独无助。

有的美国当代历史学者将美国的 20 世纪 50 年代称为"寂静的 50 年代"或"怯懦的 50 年代",这很容易让人联想到此前美国文学史上曾经出现过的"迷惘的一代""垮掉的一代"的说法,当然,我们也可以把 20 世纪 50 年代的年轻人概为"怯懦的一代"或"脆弱的一代"。如果把霍尔顿这个少年作为一代人里的类型代表,并与前面那两代人比较的话,我们不难发现,霍尔顿的思想和行为明显是倾向于保守而传统的，跟那些消极对抗社会的"垮掉的一代"相比，他是那样的单纯。对于他来说，非但堕落是难以接受的，哪怕是站到堕落的悬崖边上也是不能接受的，所以说，他所想象的"麦田守望者"的角色与位置，与其说是针对想象的那些孩子们，不如说是针对他自己，他始终都在努力避免走向堕落。

看看他的行为举止吧，恐怕很难找到像他这样注重传统观念的孩子了。他极其看重亲情，弟弟的早逝给他的内心留下了巨大的阴影，使他早早就对死亡有了模糊而敏锐的意识；他对妹妹充满了爱，即使要逃离也不忘再看看妹妹，表达自己的深爱；他也很念旧，关心过他的老师他都不会忘掉，被学校开除后还想着去看望两位老师，尽管对他们的观念并不认同；他在感情上朦胧而单纯，习惯于对心爱的女孩子单相思，而不敢有更实际些的行为；哪怕是对陌生人，如妓女、参观博物馆的小孩，他都会下意识地满怀怜悯地面对他们。这些特点所提示我们的，其实是他的观念，就是那种比较传统的重视家庭、社会、情感、道德和责任的观念。当然他的传统不是卫道士的那种，而是讲究信仰、忠诚与操守的传统。但是他缺少的也正是信仰或某种类似于信仰的东西，否则他就不会那么孤独了。他是早熟的，但恰恰不是肉体方面的早熟，而是精神上的。这种精神早熟甚至对他的肉体成熟产生了某种禁锢的力量。这就是为什么他离开学校后跟辅导员卢斯谈性的时候，特别在意地强调精神体验要高过肉体的，而明知自己暗恋的女孩跟他的室友出去幽会有可能发生过格行为，还仍旧暗恋着她。

霍尔顿早早就想逃离身处的现实世界，但是又无处可以去。他毕竟还是个未成年人，他没有钱，也没有基本的自立能力，甚至连自我保护的能力都没有，以至于只能幻想着去西部隐居的可能，并在小说要结束时有些滑稽、夸张而又伤感地企图尝试一下，在失败之前，在妹妹菲比的配合下，差不多把自己的逃离完全戏剧化了，有可能还满足了自己潜在的戏剧情结。

假如我们只是从成人的角度来看待这部小说，实际上很容易会觉得有些小题大做。真发生了什么大不了的事吗？这也是为什么《纽约时报》专栏作者在面对《麦田里的守望者》时会轻率地给出错误结论的原因。而我们只有把自己置于与霍尔顿同年龄段的语境时，才有可能真正理解他的内心状态。为了摆脱自己的困境，霍尔顿竭力模仿成年人的举止，故意显得大大咧咧对什么都无所谓的样子，刻意地说着粗话，做出粗俗的举动，无心学习，努力想在家庭与学校之外找到另外的生活，却又根本不可能。他的孤独感是远远超出其年龄段的。他无力对抗自己的环境里的任何令他不满和压抑的力量。他只有逃离，漫无目的地逃离，逃到哪里并不重要，重要的是逃离现在。他渴望着将自己的环境抹掉，或至少也是将自己从环境中抹掉，哪怕把自己变成无形无影无声无息的人也不在乎。但这也是无法实现的。他稍一挣扎，就不能不以准病人的身份面对心理专家的治疗，然后还要重新回到学校去。这或许就是怯懦、脆弱一代的特征。也正是由于怯懦与脆弱，使得霍尔顿这样的人即使成为成年人也不大可能做出什么过格的事，要么是适应并与环境适当地合作，要么就在这个环境的禁锢中暗自颓废下去，要么是离开这里独自隐居，此外几乎没有其他的道路可走。

功成名就的塞林格最后选择隐居，常常不为世人所理解，甚至诟病。其实在他那里，这种选择实在是再自然不过的事了。他不想跟这个社会发生任何功利的关系。他要的是消失，在公众的视野里，在公众的关系里，完全消失。而在自己有限的世界里，则拥有无限的精神自由。他拒绝在巨大的社会体系内被不同的力量所左右，不断出卖自己的心灵。他希望在日常生活的寂静中找到属于心灵的终极安宁与纯净。所以他选择了禅宗思想或类似的神秘信仰作为其精神归宿。而这，实际上也是霍尔顿这样的人最终可能找到的最好的结果。

从这个意义上说，《麦田里的守望者》的写作，与塞林格最终的隐居，可以被视为其生命历程中一首一尾两个具有转折意义的重要行为标志。另外，在《麦田里的守望者》的第一章里，有这么一小段文字很值得注意，就是主人公霍尔顿·考尔菲尔德在谈及自己的作家哥哥 D. B. 时提到一个小说：

他写过一本特棒的短篇小说集——《秘密金鱼》，你就算从来没听说过他，也应该听说过这本书。书里最好的一篇就是《秘密金鱼》，写的是有个小孩儿养的金鱼谁也不给看，因为是他自个儿花钱买的，这篇让我喜欢得要命。他现在去了好莱坞，这个 D. B.，当了婊子。

把这段文字跟塞林格后来的隐居联系起来，是很耐人琢磨的。塞林格固然不是少年霍尔顿·考尔菲尔德，但是对照之下，你却又不能不把霍尔顿跟作家塞林格多少联系在一起，那小孩子养金鱼的状态，难道与塞林格后来的作品不是很相似么？同时霍尔顿对D. B. 为好莱坞写东西挣钱的不屑，恰恰折射出塞林格后来不愿发表作品的那种超脱于功利之外的心态。

最后特别值得一提的是，这部小说在写作手法上确实是极具特色的。很多评论家被塞林格那令人眼花缭乱的俚语粗口所误导，而没有充分意识到他在叙述方面的杰出成就，以至于令这本小说的真正妙处被淹没在俚语粗口的下面。尤其是当有人把"平铺直叙"和"心理现实主义先河"这样的词句加之于《麦田里的守望者》时，我们不得不说，批评家们的眼睛常常会被炖肉的味道与雾气所迷惑，这样的错觉只能归结为理论与写作本身的本质上的隔离。塞林格对叙事技巧的认识与运用，比他的前辈海明威是更进一步的。塞林格使用第一人称、大量的口语俚语来叙述，很容易造成"平铺直叙"的假象。而实际上这里用的是倒叙的大框架，然后在这大框架里进行正在进行时的顺叙，但仅仅这些还远无法说明其丰富的层次感与节奏感为什么如此之好、如此之细腻、不露痕迹。决定层次感与节奏感的，是塞林格叙事过程中的那种貌似随意其实是把时间、地点、事件的变化有层次地溶解到感觉与细节的变化里的因素。它们通过感觉的起伏、转承、动静来控制节奏和分配层次，通过细节的浓淡、繁简、轻重以及漫不经心的对白来控制气氛与调子。

这里真该举些实际的例子来证明，不过要是那样做的话，我估计就会把很多段落都弄上来了，还不如让你去看那部小说。塞林格还很善于利用倒叙中记忆次序的重叠、错位、交织等手法来配置小说里的段落。同时还习惯于用一些似乎没什么用处的闲话或过渡性的话语来调节节奏以及切入的角度。他是一位对叙事结构极其敏锐的作家，非常清楚从开始到结束整部小说的着力点在哪里，支撑点在哪里，在哪里应该对称去写，在哪里应该加速或减速，同时又能把这一切都包裹在随意甚至散漫的叙述口吻里。

比如，他把霍尔顿召妓的那一段放在整个小说 26 章的中间两章(13、14 章)去写，就显得非常有深意，因为这个经历实际上是霍尔顿最危险的时刻，也就是站在悬崖附近不远处的时刻，但是此刻他拿来面对女人的，不是本能的欲望，而是他内心深处的那种不可排解的孤独感。他渴望的是与那个妓女进行平等的日常式的交流，实际上也就是把他对女人的观念与看法悄悄地向宗教方面靠拢了。而随后他被电梯工抢劫并殴打，与他对耶稣的喜爱以及对《圣经》的排斥观点前后并置在一起，构成了这样的一幅图景：他对那个妓女所做的，其实是拯救她的努力和尝试，而他显然把自己的行为理解成对基督耶稣表达的一种深层的认同。最根本的，是他想拯救自己，试图以精神的净化来拯救自己，远离那些肉体的欲望，被劫与被打，在他的潜意识里似乎都可以算作拯救过程的一部分了。但他终究还是个未成年的孩子，最终在恐惧与疼痛中他的意识陷入了另外的模糊状态里，并没能找到摆脱困境的方向。不过作为整个小说建筑的拱顶横梁，这两章还是相当漂亮的，足以支撑两侧的那些章节的发展变化了。

另外一个特点也非常值得注意，那就是在整部小说里，萨莉、简还有他的妹妹菲比，这些出场的或没出场的小女生，还有那两个修女、那个妓女甚至还有戏份极少的两位老师的太太和他的妈妈，所有这些女性都是塞林格精心安排给霍尔顿的，她们既是他缓解压力与内心伤痛、恢复温情与希望的化学因子，也是调节整个小说气氛、节奏与色调的重要因素，并与霍尔顿眼中那个令人失望恶心的灰暗男性世界构成了奇异而又古怪的，包含了明暗、软硬、暖冷，最重要的就是肮脏与纯净的对称。而到了最后阶段的那个华彩乐章——第25章，与妹妹菲比的分别，则把整个小说的气氛推到了极致，孩子式的单纯、异想天开、滑稽与莫名的伤感交织在一起，达到了有些喜剧意味而又让人不能不感叹唏嘘的悲喜交集的效果。

"我想运用我自己的方法、语法和形式主义，迟早我会有进退不得的危险，也许完全销声匿迹。不过整体而言，我还是非常乐观的。"①《麦田里的守望者》出版十年后，塞林格在《弗兰妮与卓埃》的封套折页上这样写道。他的确是个自我的预言家。他最后也确实是慢慢走向销声匿迹的。只有他已出版的作品还在延续着他另外的永远不会消失的生命。厄普代克在那篇评论文章里曾对塞林格的写作有段很精辟的概括，可以称得上是知音之语：

> 当世人对他所采取的方向产生各种疑虑时，还是得承认那是个方向。不肯自满得意，情愿以个人的执著冒险超越限度，正是艺术家与艺匠的区别，也是代表我们所有人的艺术探险家得以成就之处。②

---

① ［美］查尔斯·麦格拉斯：《20世纪的书：百年来的作家、观念及文学：〈纽约时报书评〉精选》，250页，北京，生活·读书·新知三联书店，2001。
② ［美］查尔斯·麦格拉斯：《20世纪的书：百年来的作家、观念及文学：〈纽约时报书评〉精选》，250～251页，北京，生活·读书·新知三联书店，2001。

"尘世是人能够理解的世界"

——关于约翰·厄普代克的《马人》[①]

善良敏感的乔治·卡德威尔拼力挣扎了一辈子，却始终都无法扭转生活贫困的窘境。他那位早逝的牧师老爸除了一部《圣经》和一屁股债，什么都没留下。他自己呢，则是多数时间都在为养家糊口而颠沛流离。他在第一次世界大战时当过兵，未及参战战争就结束了，却险些因一次流感而丧命；他当过百科全书推销员，旅游大轿车司机，体育指导员，消防队员，旅馆服务员，洗碗工；读大学时半工半读仍然成绩优异，作为橄榄球后卫鼻骨断了十七次，其他骨折四次……他经历了20世纪30年代横扫美国的经济危机，他离开了贫困的家庭，随即组建了自己的贫困家庭。人生的最后十五年，

---

① 本文所使用《马人》中的文字均出自［美］约翰·厄普代克：《马人》，上海，上海译文出版社，2010。

他一直是中学教师，带着老婆、儿子寄居在岳父家里。如果说还有什么是比贫困更糟糕的话，那显然就是令人窒息的失败感。贫困让他无休止地纠结于深深的疲惫和痛苦，而沉重的失败感却把他推向了最后的崩溃。他只活了 50 岁。这就是厄普代克的早期代表作长篇小说《马人》主人公乔治·卡德威尔的人生。

在这部荣获美国"国家图书奖"的作品里，厄普代克雄心勃勃地展示了其高超的技艺。他将古希腊神话里的客戎马人与现代人乔治合而为一，给普通人的庸常生活染上了神秘的光泽，让人觉得神话中人与普通人并无不可逾越的界限，那些卑微的人也可以拥有神性。当然这些并不是厄普代克想要传达的主旨。他不是要写什么人神同体的传奇，而是要通过这部表面上看很像半是客观叙述、半是回忆的小说，呈现乔治的儿子彼得对于对父子关系的历史与价值进行重新认知与塑造的过程。彼得要做的并不是在现在回忆过去，而是重返过去，到过去的情境中去重新体验那些特殊的时刻，并借此理解父亲在绝望中的自我牺牲，彻底消除他以往那些带有否定意味的误解，从而实现与父亲的精神和解，让父亲获得真正的安息，也让自己得到解脱。唯有如此，父亲的死才会具有马人式的神圣意义。在古希腊神话中，马人客戎最终以放弃永生换取的，不只是摆脱个人的痛苦，更重要的是让犯了盗火之罪的普罗米修斯重获自由。因此彼得通过追忆和重述不仅理解了父亲在困境中自我牺牲的真正含义，还通过这样的体认过程，使得作为深陷迷惘中的二流艺术家的自己重获精神上的支撑，并在一定程度上有了新的希望。

在小说中，为了获得这样的效果，厄普代克采取的是复调交叉叙事与幕间插曲相结合的手法。在全部九个章节中，彼得的视角被一分为二，在单数章节里，伪装成客观的第三人称视角叙述乔治·卡德威尔父子的经历；在双数章节里，以"我"的视角描述父子生活经历与体验，二者相互呼应完成整个叙事的过程。作者通过这样一种主客观交融的叙事方式，让彼得来实现消除对父亲的误解并达成理解和自我解脱的目的。因此，《马人》可被视为一部关于理解和解脱的小说。从这个意义上看，厄普代克在小说扉页上所引用的卡尔·巴特的话就显得尤为意味深长：

> 天国是人所不能理解的世界，尘世是人能够理解的世界。人本身是介乎天国和尘世之间的生物。

这段话的潜台词，其实就是作为"介乎天国和尘世之间的生物"，人只有真正理解了尘世中的人与事，那仿佛不可理解的天国才有可能得以存在，并最终收留人那原本无可归依的灵魂。彼得明白，尘世中、生活中那些饱尝失败的微不足道的人，同样可以通过自我牺牲获得一种近乎神圣的永恒。

只有第五章是个例外。它刚好位于最底部，也是九个章节里的正中位置，使这部小说呈现一个"V"形结构。这一章貌似官样化的小传式文字特别耐人寻味。它的撰写者很可能就是那位给乔治带来很多压力与困扰的校长吉摩尔曼，一位宙斯式的人物，狡猾、专制、好色、贪婪，是权力与欲望的化身。实际上我们甚至可以一上来就读这一章。它能让读者感受到吉摩尔曼的隐含着轻蔑但又貌似宽容的眼神。比如说，他会写到乔治母亲有"美丽动人的风姿"，会写到乔治的"外号叫'棒子'"，因为瘦；他还会特意提及乔治在大学期间因打橄榄球而造成的多次骨折；他还会若有所思地反问："对于他的教书质量应如何表达呢？"但随即又会以貌似宽容的口吻肯定乔治的一些优点，还不忘委婉地嘲讽一下他无力控制课堂秩序。在那种官腔式赞扬之后，你会发现，整章文字里唯独没有提到乔治的死因。显然，这是在暗示乔治既非自然死亡，也非因病而死，而是自杀。吉摩尔曼有意隐去了这个内容。当然，除此之外，其余的部分还是比较清晰地为我们简要描绘了乔治的一生、性格特征，以及造就性格的环境因素。但总体上，这一章与小说的其他章节形成了极大的风格反差，它是没有任何感情色彩的。

这个"V"形结构的两边，一条是下降的叙事线，另一条是上升的叙事线。前者是乔治在深沉的失败感中否定了自我存在的价值，以近乎自暴自弃的方式、怀着对儿子的眷恋和内疚走到人生的终点来完成解脱的，这条线也可以说是条被极度压抑了的感情线，仿佛所有的爱都被冰层封住了。后者则是儿子彼得的反思体验后对父亲的理解，就像是一个不断消融冰层的过程，所有沉淀的感情都在复苏中不断涌现。因此也正是父亲乔治那条下降的线，催生了儿子彼得上升的线。他们父子在精神上，其实是一个整体。关于这一点，厄普代克在第四章里提供了一个形象的例证："这是个晴冷的下午，在城西的斜阳照射下，我们的影子长长地投在前边。从影子的构图看，我俩像一头前行的四足兽。"从精神意义上说，儿子彼得正是由于理解了父亲自我牺牲的目的是为了让他没有任何负担阴影地开始新的生活，才接受了父子同体的意象，让父亲的生命得以在他这个儿子的生命中延续。

为了将马人的故事与形象用在乔治身上，厄普代克特意将乔治的星座设定为人马座。这也造就了小说的第三个维度，神话的维度。另两个维度则分别是诗的和世俗的。在诗的维度中，主旨是理解与爱。所以故事并不重要，重要的是与理解、爱相关的那些繁密细腻的场景细节，它们主要集中于"我"的叙述中，我们可以将它们视为一个自我恢复的过程，不仅要恢复对父子历史的认知与感应，还要恢复自我存在感与对希望的渴望。只有如此，父亲的惨淡人生才不是失败的，而是可以永恒的牺牲。

彼得依靠重建的亲情历史，重新拥有了现在，进而有了摆脱不断迫近的虚无的可能。他知道，重要的是爱，特别是还能够去爱。只有这样，才能让人有力量去面对那个将父亲乔治压垮的世俗现实的维度，并在精神上超越它，以艺术的方式。这种爱是可以超脱任何界限与束缚的，所以彼得可以跟黑人姑娘相爱，并用《雅歌》般的美妙词句去赞颂她的一切。而这种爱，从某种意义上说也正是父亲乔治留给儿子的真正遗产，尽管乔治生前时常表现出那么多的厌倦和对死的渴望。彼得在重新体验了与父亲相处的那些瞬间后，才领悟了这份爱。即使是死神也夺不走这样的爱。因为它，尘世才是"人能够理解的存在"。正如小说中博学多识的马人在给那些有神性的学生们上"万物的起源"课时所说的：

爱推动了宇宙的运动。

一个漂亮但无脑的男人

——关于约翰·厄普代克的"兔子四部曲"

要是诺贝尔文学奖评委会的那些成员会偶尔不那么一本正经一下，没准儿约翰·厄普代克就能在他的获奖纪录上画上一个圆满的句号了。当然这种假设其实是不可能成立的，或许在他们眼中，这个厄普代克固然是文学大师，但是他太过迷恋对性爱的描写了，而且缺乏某种深刻的宗教精神，或者说还缺点深层次的人类关怀之类的东西，因此不管厄普代克活多久，他们也不会忽然改变主意让他位列仙班。

早在十几年前，厄普代克就发现自己已在老一代作家的行列了，他的书在书店里已不能摆到醒目位置。不过他仍旧在写作上保持着旺盛的精力，他出的书已足够将他妥帖而又体面地埋在下面了……只是他还不想就这么躺下，还在时不时地为一些著名杂志写些专栏，不过那些不温不火的文字除了向人们展示一个老作家功力尚存的事实以外，实际上已不大可能给他的名声上再添加更多的东西了。评论家或媒体每当提到他的时候，总归还是要把焦点对准那套"兔子四部曲"，尽管大多数评论归纳起来总是脱不开那些陈词滥调，不过这套历时三十年完成的四部曲从各方面成就来看，确实代表了他的巅峰时期。

绰号"兔子"的哈利·安斯特朗始终都是个微不足道的小人物，一生中很少远离家乡，也没有做出过什么像样的事业。用他的气话讲就是："作为一个人我还不及格。作为一个丈夫我只能得零分。"①当然，他也有过辉煌的时刻，在中学时代，他曾创造了本县中学篮球比赛的得分纪录，成了篮球明星。不过从那以后他再也没有过什么出彩的事。即便后来他继承了岳父的车行，挤入中产阶级行列，也只不过是一个平常的生意人。

他一辈子都在坠落，从未停下过。从中学时那个短暂的"篮球明星"高峰结束时起，他就迷失了方向。他下意识而又盲目地在这个深不可测的下滑道里寻找着出口，以求重新回到真正的生活里，回到他青春期曾碰到过的自信得意的"投篮命中"状态。可他做不到。对于生活，他从没有过清醒透彻的思考，他缺乏耐心，充满疑虑，没有勇气和魄力，只会随波逐流。失落感就像有毒气体弥漫在他的周围，不管他怎么变换环境和姿态——逃离、归来、还是富了，这种气体就像死亡的阴影一直跟随着他，直到最后他折腾不动了、彻底"歇了"。

这个"兔子"，跟以往我们粗浅印象中的美国人——自负、乐天、大大咧咧、充满了优越感——完全是两码事儿，尽管他的一生

---

① ［美］约翰·厄普代克：《兔子，归来》，107 页，上海，上海译文出版社，2008。

刚好经历了美国最为富强的阶段。他缺乏自信、优柔寡断、脆弱敏感、固执自私……所有这些特点与他那漂亮高大的形象反差巨大。他老婆詹妮斯称他是个"漂亮但无脑的人"，这话倒是一语中的。很多事情都被他搞得不清不楚，搞不定了就一逃了之。从《兔子，跑吧》的开篇起，他就逃了，到最后《兔子歇了》结尾时，他又一次逃了，一直逃到了死神的怀里。

有评论家做过统计，四部曲里涉及"兔子"以及与"兔子"相关的人逃离的事件有 18 次之多。但在"兔子"心里，逃就是成长的另一种形式，而"成长就意味着背叛。没有别的途径可走。不离开一个地方就不会到达另一个地方"。他以其并不成功的"成长"方式影响了周围人的命运。从酗酒哀怨再纵情享受性爱的詹妮斯，到跟他同居了三个多月的妓女鲁丝，从在恐惧中长大把自己的生活搞得一塌糊涂的儿子纳尔逊，到追求自由流浪生活然后在他家中被烧死的吉尔，包括暗恋他多年的佩吉，还有跟他乱伦的儿媳普鲁，甚至可能还包括詹妮斯酒醉失手淹死的那个小女儿，等等。

他就像个灰暗的涡旋，将与其相关的那些人卷入充满了矛盾碰撞的尴尬困境里。看他看得最透的，还是那个做过妓女也做过他情人的鲁丝。在他怀着旧情结找到她，试图确认一下他们是否有个女儿的时候，她毫不客气地揭穿了他那虚弱无力的内心世界的荒谬本质，同时也轻易打碎了他的那点幻想和寄托。"兔子"的底线是"人总得活着吧"，可事实上他走到哪里就会把死亡的阴影带到哪里。从这个意义上说，心脏病倒可以被视为一种象征，它像幽灵一样贯穿了"兔子四部曲"，除了"兔子"本人，他老婆詹妮斯的情人查利得的是心脏病，他的小情人吉尔的父亲死于心脏病，他的岳父斯普林德同样死于心脏病。

在逃离与死亡之外，构建起"兔子"世界的另一个重要因素就是性爱。那些性爱场景描写给厄普代克招来了批评，其实，恰恰在性爱这个层面上，厄普代克展现出非同寻常的创造力。人物的迷惘压抑、脆弱无助、幼稚的寄托与贪婪等气息，都在这些形式多变的性爱场景中得到了充分而又巧妙的释放，它们是小说中最为敏感而又复杂的地带，也正是它们的精彩而又自然的存在，使得小说本身在结构上更富有层次感和深层的力量。不管怎么说，这个"漂亮但是无脑"的男人虽说终生一事无成，但他所体验的生活又确实是相当独特的。当读者跟他经历了种种遭遇，直到他心脏病发作在临终时刻说"够了"的时候，估计也会有种终于松了口气的感觉，并感慨多多。

作为小说艺术大师，厄普代克最不起的地方不仅仅是虚构了一个悲剧色彩时隐时现的小人物漫长曲折的人生，更重要的是他让"兔子"存在了。在这四部小说里，他不断变化着结构方式，同时又始终保持着整体上饱满有力的状态。他让"兔子"比所有那些试图将自己的生活命运与之相关联的现实中的人活得都要长久。就像地球之于太阳系和整个宇宙一样，他的轨道永远不会跟任何人交叉、重复。作为一个不可复制的独特个体，"兔子"代表他自己，属于他自己。此外，"兔子"之所以能在读者中引发巨大反响，主要还是在于，厄普代克通过"兔子"的命运，揭示了常常容易被人忽视的普通人在日常生活中的幻想和困境，尤其是那种"狗咬狗"的生活现实对"我们拥有别人一定会拨动的琴弦"这种念头的无情淹没。

"没有人说一句话"

——为雷蒙德·卡佛而作

对雷蒙特·卡佛来说，世界是不断破碎的。而那些活在底层的人们，则是些不知从何而来的剥落物。他们的生存空间与私人时间一样少得可怜，没有多少光可用来驱开周围的黑暗与阴冷。

对他们，世界及其任一局部都意味着某种失落的可能，跟世界一样，不是用来欣赏的，也不是用来在寂静中体会什么奥秘的，那是有闲阶层喜欢的奢侈事，而他们所做的一切都只不过是为了谋生。他们体会到的是世界对他们的消耗，他们努力挣扎着试图多少远离日常化的悬崖与深渊，可又总是离得很近，回头望一眼，就是完全的绝望，而掉过头来，除了屏住呼吸，努力留住胸中最后一口气，以抵御近在咫尺的深渊诱惑与现实压迫之外，似乎别无选择。

在很长时间里，卡佛都是他们中的一员。早早地，他的生活就陷入了半废墟状态。他已习惯不再大声呼喊什么，习惯保持低微的呼吸，甚至连半点挣扎的状态都不想表露，而只是默默地注视着这个如此狭隘、沉重、在任一瞬间都可能变成虚无的分崩离析的世界。

除了写作，他几乎别无奢求。那些克制的文字不是用来解释世界的，甚至也不是用来描述世界的，他不声不响地揣测着某些可能在这个世界上活过的卑微的人，他们也是那些无时不在剥落遁逝的碎片的一部分，他凝视他们，去组构他们的一些瞬间，以发现某种似乎有意义的存在可能，哪怕他们无处不是支离破碎的，他也努力使他们在那里，只在那里。

跟他们一样，他也是个差不多被生活毁了的人。所不同的是，他还有写作，写作让他过上了安稳的生活，不仅仅是物质意义上的，更多的还是精神上的。他甚至因此成功戒掉了沉溺很多年的酗酒。但生活的压迫与打击所造成的后果并不都是马上就显现的，在他怀着少有的成就感和乐观要好好大干一场的时候，没想到是香烟完成了生活对他的最后一击。

要想理解他的小说和诗，就不能不去深入体会他那最后的遗憾。他看到自己在灿烂的阳光照耀下忽然就那么轻易地剥落了，带着那么饱满的光芒转眼间就坠入了那个他以为已然不复存在的深渊，多么孤寂的结尾，这一次，是封闭式的。那一刻他会想到些什么呢？估计不再会是小说的名字，也不再会是那些浮现在微光里的似曾相识的陌生人，不会是未曾来得及写下的诗的片段，很可能，只是他自己的脸。

他的脸是被低温生活缓慢熔炼之后形成的。如果你仔细看它，就会看到皮肤下面积聚的挤压的痕迹，它们构成的是灰金属般的坚硬外形，看上去仿佛永远都经得起烟浓酒烈，经得起日常而琐碎的谋生的折腾。要是用手指头去弹一下它的话，甚至会有让人放心的沉实低音回声。这是张似乎永远都不会垮掉的面孔。可是平日里他能有多少时间用来注视它呢？

任何对他的赞美，要是看不懂这张脸，都可以视为花言巧语式的误解。他的眼睛跟他的小说一样，充满了灰冷的疑问，那是什么？那些生命剥落的地方，还剩下什么？真的会有人听到那种轻得不能再轻的生命剥落的声音吗？他凝视着那些可能在世界上活过的人，可能有过的物，他知道他们及它们所在的地方是没有任何风景的，现在是，过去是，将来仍旧会是。他们以及它们的背景就是虚无的深渊，而他们或它们就像灰尘，随时可能被风吹开，不留下任何痕迹。他们缺乏睡眠，缺乏足够的休息，所以也就没有多余的时间和精力去做个完整的梦，但那个地方还多少会留有那么一点，一直都空着。

那种所谓的极简风格只有在屏住呼吸进行写作时才会发生的。那不是一种技巧或者风格，而是极度忍耐中的凝视的效果。就像他的偶像契诃夫曾经希望自己能写出更为厚重开阔的作品一样，他也曾非常渴望能写得饱满、再饱满一些，而不是单纯的冷与硬。我猜他在编选那部自选集的时候，就是这么想的，所以他把那篇虽然写在前期但写得相当饱满的小说《没人说一句话》放在了最前面，仿佛它就是一个关于他的小说理想的一个预言。

他的真正重要的作品，其实多数都产生在他生命的后期，那时他终于可以放开手脚去写他想写的作品了。那个真正的卡佛正在清晰地浮现，可是天不假年，一切刚刚开始，就结束了。这一次，是开放式的。他知道人们赞颂的其实是另外一个卡佛，并不是真正的他自己。他知道可能还没人真的意识到他对写作的热爱，就像他在《爱这个字》里流露过的：

　　　　但爱这个字——
　　　　这个字在逐渐变暗，变得
　　　　沉重和摇摆不定
　　　　并开始侵蚀
　　　　这一页纸
　　　　你听

单行道几号

——关于本雅明的《单行道》[①]

　　"这种感觉是无法言喻的，吸毒后，成长与自立的意志就全然消失了……"某一天，某位朋友在闲聊时说起了本雅明对吸毒体验的描述，我听着，希望他能讲下去，但他却忽然就转到了别的话题上。在从窗户透进室内的夜色与灯光的交界处，"吸毒"这两个字让我下意识想起本雅明那副忧郁的面孔，额头宽阔而明朗，低沉的眉眼与犹疑的眼光，还有那抹浓重的胡子，在下面构成了他所特有的凝重表情，而额头之上，是凝固的黑色火焰般略带卷曲的头发，这是个敏感、多疑、黏稠气质者的形象。

　　后来，我从一些网上资料里知道，朋友引用的那句话，来自本

---

　　① 本文所使用《单行道》中的文字均出自〔德〕瓦尔特·本雅明：《单行道》，人民文学出版社，2006。

雅明写给监护他吸大麻的医生的记录。那时本雅明已在经济依附和内心困扰的状态里挣扎多年，想在父母资助下过自由自在的生活，可又不得不在父亲与命运的重压下自立谋生，他借吸大麻来逃避现实。这些信息让我意识到，我对本雅明是多么的不了解，而他的那些洒脱自在的散文，以及锋利的批判文字所给我的，只是一个异常独立的"漫游者"形象。"漫游者"的观念始终左右着他的思维节奏，也清楚地表现在他行走的姿态上。麦克斯·雷希纳把这个姿态形容为："走走停停，亦行亦止，怪不可言。"

作为一个自觉的"漫游者"，本雅明多数时候都是处在那种游离而旁观的状态里，与现实始终保持着距离。就像当年在他恳请下，那位妓女领着他逛街，让他得以从一个反常而特殊的角度观察城市街道的细节一样，如今，在他的引领下，通过他的那种掷出的色子般变幻莫测的文字，我们进入了这条梦境般的同时也是被他异常冷静地剖析过的"单行道"。

这本小书题献给一个叫阿丝雅·拉西斯的拉脱维亚漂亮女人。1924年，他们在意大利一见钟情，1926年重逢时，本雅明将这部作品赠给了她，以感激她在那个特定的时段帮他打通了残酷现实生活中的障碍。就像这段感情是他生活里的一个片段一样，这本书也是他创作中的一个片段。阿丝雅·拉西斯给了他一段情感的高音和长久的泛音，而这本书本身，则是由一些诡异而自由的练习曲般的断片构成的。书中隐含的是另外一种更为隐秘的个人情感——对于记忆中的某个世界局部的清晰而又晦涩的理解与想象。"像紫外线的光那样，回忆在生命之书中对每一个人显示出一种文字，那种文字是看不见的，是对文本作着注释的预言。"

他信手拈来，随手指点和敲击着那些现实投影在他的记忆与想象中留下的碎片，让它们发出光来，发出声音，显示出前所未有的样子，或归于另外一种沉寂。尽管他曾用相当多的笔墨对柏林的童年有过深入的描述，但他并不是个喜欢用惯常方式抒发情感的人，包括他的诗人气质也没有促使他过多沉浸于情感的涡流里。他是个天生的批评家，沉重现实的压抑以及对漫游生活的迷恋，使他获得了对世界与生活的非体系化的独特视角与阐释方式，他的思想里有着层出不穷的哲学火花，此外，他走的路线与传统意义上的哲学家又是那样的不同。他无比关注现实结构与意识结构交融碰撞时的随机性以及变幻不居的特征。

《单行道》的第一篇是这样写的："生活的结构目前更多地取决于事实的而非信念的威力。而且是取决于这样的事实，似乎它们在任何时候、任何地方都没有变成过信念的基础。在这种情况下，真正的文学主动性不可能要求在文学的范围里发挥作用——更确切地说，这是文学不育性的通常表现。……观点对于社会生活这部巨大的机器来说好比机油；人们不是站到一台涡轮机前用机油浇它。人们只是将其中的少许一点点儿注到那些必须熟悉的、被掩盖着的铆钉和缝隙上。"

事实常常是令人绝望的，因为它们有着太多的牵扯与关联。而所谓的信念可能往往就产生于与事实相反的基础之上，它意味着某种无视与无知。观点使人们习惯于机械化的运转以及相应的那种习惯性活动，所有的观念都在被这样的事实所消耗着，当然最终被耗尽的只能是人本身，而不只是原来就易逝的观念。所以他就像面对自制的万花桶一样，将自己的记忆与想象的碎片，还有针对现实生活的观念置于一个有限的空间里，漫不经心而又意味深长地转动着它，节奏缓慢，轻巧得令人心惊。

他是个不知忏悔、无心回头的家伙。面对家庭及社会的日常召唤和疑虑，他毫不犹豫地声称："幸运生活的结晶从那几年四十八小时的叛逃经历中像在碱溶液里那样凝成。"叛逃的生活对于他来说是一种即兴创作般的过程，而这种状态在这本小书里体现得尤为集中和充分。他甚至不无自得地写道："在这个时代里，任何人都不可固执于自己的所'能'。实力表现在即兴创作里。一切决定性的打击都是用左手打出去的。"

在一种反思却又拒绝概念化的叙述过程中，他将遥远童年的某些微不足道的瞬间和缠绕他内心深处的梦境融为一体。"我们继续向前走去，把它抛到身后，从远处看，它虽然还依稀可见，但却已经模糊，隐隐约约，因此更神秘地缠绕在一起。"童年是一切的根源，甚至是整个世界的根源，如果这个所谓的世界在人的意识里还有根源的话。人们对自己的不了解，对世界的误解，都可以通过他们如何对待自己的童年记忆以及身边的儿童现象看得通透。在无知中失去童年的人们所努力制造的不过是理解的假象，他们甚至会以爱的名义不断述说这种假象，以使其越来越显得合理而正常，在日常状态下构成了潜意识的法律，从而制造了全无生机与活力的安全地带。而在此地带存在并延续的人际关系，则有着与生俱来的不堪一击的脆弱性。缺乏自信的人们不得不在一种单薄无力的虚伪乐观情绪里越聚越紧密，越聚人越多，关系也越来越复杂，有着谁都脱不开干系的混乱与堕落，并以此来不断规范出新的道德底线，给自己某种幻觉般的些微光亮，也让那些胆敢叛逃的人越来越无处容身。

"但是在这里，只要报章杂志还每天、甚至每时每刻都在讨论着各种最可怕、最摸不透的命运，分析着各种虚假的原因和虚假的后果，却不去帮助任何人去认识自己生命所依从的黑暗势力，那就没有任何指望。……在他们面前，每一个自由人都像一个怪物。……温暖正在从物体中逐渐消失。"

这条单行道几乎是可以穿越他意念中的整个世界的。它是如此有限而又遥遥不见尽头。他的思考是沉寂平和而又随意散乱的。他以这种自娱自乐式的随意对抗两侧那些古老建筑和装饰物，对抗路边的行人和路途中川流不息的车辆。他是个傲慢的人。他的傲慢来自他的深层的冷静，所以就表现为某种不可理喻的少言寡语的状态。他顾左右而言他。因为他的眼光可以轻易穿透那些坚实的墙壁，就像获得了特异功能的人，又像一个不想回家的、想更久一些滞留在外面的孩子，随意地捡起那些不起眼的东西，翻来覆去地玩着，放在只属于他自己的永远无法成形的与成人无关的童话故事里，他用它们说话，说出自己的瞬间思想，用它们打出火花，照亮另外的空间与物体，哪怕只有几秒钟的停顿也足以让他的思想畅游其中，同时又不会陷在里面不能脱身。

对于那些人为的象征着不朽的东西，他是不以为然的。他知道没有人真的会驻足在那里做出恰当的理解和询问。它们不过是成人们费尽心机制作出来摆在那里给大家看的玩具，而他们自己则是转眼就会把它们忘在脑后。说到底，它们什么都不是，从一开始就失去了真实的特质。在单行道上，他永远都可以安于那种"漫游者"的状态。他知道这只是个形式，走到哪里，都是个形式，真正的漫游只能在文字里达到极致，获得真正意义上的存在，而不会被任何现实的苦难与坎坷所纠缠淹没。他不是个纠缠不清的人。在现实里他要的不多，永远都不会多，只有那么一点点的可以任其自由走动的地方，就可以保证他的完满了。

从日常的角度上说，似乎没有谁比他更缺乏安全感了。这从童年就伴随着他的感觉一直在跟着他漫游，不安全几乎就是他的意识本体的基础，因为他知道，只有这种不安全的状态才可能是自由的，且不影响他得到"幸福"。"幸福就是能够认识自己而不感到惊恐。"他的表达从来都是这样的简明。他活得艰难，但从不会陷入沉重的泥沼，从他的文字里你可以轻易地发现轻盈的气息自在地流动着，他通过自己的文字获得力量、展示力量并不断地均衡自己的内心世界，他知道这是一种艺术。他知道如何把这种艺术转化为写作的艺术。

"假如烟头上的烟缕和笔尖上的墨水具有同样轻盈的特征，那我可能就到达自己写作生涯的阿卡狄亚之境了。"艺术是一群无忧无虑的孩子，而不是一本正经的标价昂贵的古董。要成为无忧无虑的人，就得远行，为了这种远行，所有的东西都可以用来作为燃料以制成远行所需的能源，包括爱情和幻想。"大多数人在爱情中寻找着永恒的故乡。另一些人，虽然很少，寻找的却是永恒的旅行。……幻想能力是一种天赋，它可以在无限小的事物中插入，为被看作扩展物的每一种强度虚构出新的丰富多彩的内容……思想活在全部皱褶里和所有的隐蔽处。"

"批评是一种保持恰当距离的事情。"而批评是可以有很多种形式的，即有显露的直接的，更有隐晦曲折的，也可以是有形象的意象的。他就是通过他的隐蔽而又多样化的批评完成了这本小书的写作。他的批评是无时不在的，但又总是有着曲折而含蓄的过程，结果却又并不是晦涩难懂的。他有属于自己的对直白的理解。但这直白并不是怎么想就怎么说的，他清楚："没有什么比怎么想就怎么说那样一种真实更贫乏的了。在那种情况下写出来的真实还不如一种拙劣的摄影。"

他的文字干干净净。"面对思维的已经结成硬壳的表面，梦作为认识的源泉变成一种无法控制的经验媒介。"阿多尔诺那篇《单行道》书评里的这句话极具洞察力。毫无疑问，本雅明在这本小书里既执着于某种曲折而明白的批评，又沉迷于梦境与记忆的重述，不仅如此，他还安静地在记忆的废墟里找到那些能够折射光亮的残片，将它们随意陈列在身边，以只有童年才会有的光芒照亮它们的某一侧面。他的趣味不是建立什么可以理喻的秩序，相反，他更乐意看到它们从约定俗成的概念中脱离的那种状态，似乎只有这样，抽象思维才能恢复活力，恢复新鲜而陌生的本色。

他的梦不是为了重建一条单行道，以便通往他所爱恋的阿丝娅·拉西斯那里，不，他哪都不会去，他只是个"漫游者"，没有终极的目的地。那些微不足道的具体事物，却可以通过他的梦和想象得以复活，而他的幽静眼光与抽象思维则像考古用的刀子似的，轻巧而准确地剔除了事物上面的土垢和锈迹。对于他来说，这种真实所构建的"单行道"比曾经存在过的那条单行道更具真实意义。他拆解过去，从而使现在的思维获得自由。"单行道"是不可逆行的，就像过去不可重返一样，然而通过"单行道"是可以离开的，他也一直都在离开，带着那些有光泽的残片，逃到世界的尽头，结束。因为说到底，"目光是人的终结"。

恋情为什么会这样终结？

——关于格雷厄姆·格林的《恋情的终结》①

　　最初知道格雷厄姆·格林，倒并不是因为他那令人瞠目的小说数量与质量，而是他的一段私生活传闻。忘了是在哪本书里看到的了，好像也是位颇有名气的作家讲的。说格林正当盛年并小有名气时，通过书信往来，认识了一位英国贵族女子，她是他的忠实读者，读过他出版的每一本书，并有独到的见解，令他颇有些得遇知音的感觉。当时他经常游历世界各地，居无定所，因而两人只能书信往来，不断加深彼此的了解，并使感情慢慢越过了作者与读者的层面。

　　终于有一天，她从英国赶到了德国，与格林相会了。她气度高

　　① 本文所使用《恋情的终结》中的文字均出自［英］格雷厄姆·格林：《恋情的终结》，南京，译林出版社，2008。

雅，见识不凡，还很漂亮，是位稳重的外表下内心激情似火的有夫之妇。她的丈夫是位世袭贵族。她的爱与激情令格林震惊。从那以后，每隔一段时间，她就会悄悄从家里跑出来，以各种名义来到格林身旁，在短暂幽会之后，再黯然回到死气沉沉的家里。后来，她丈夫知道了。但他拒绝离婚，不再约束她去跟格林相会，只是要求她不要毁掉他作为一个贵族的尊严。他的隐忍，使她跟格林的关系保持了很多年。

后来，她因病去世。临终前，她想再见格林一面。她丈夫怀着悲痛通知了格林。把她送走后，两个悲痛的男人不得不在这特殊时刻尴尬地面对彼此的存在。据说，作为一个男人，在面对这个无助的丈夫时，格林还是有些歉疚的，但又实在无法表达什么。尽量平静地说话的，还是那个丈夫，他告诉格林，"我恨你，忌妒你，同时又得感激你，因为你和你的书让我的妻子渡过了很多幸福的时光，我知道她是幸福的，当她从你那里回来的时候，是那么的美丽，而在看到我的时候，又是转眼就那么的黯然无光。"

这个故事显然非常像格林后来写的《恋情的终结》的素材来源。但也还有另外一种说法，是说这个小说的素材来自格林与一位富有的美国农场主妻子——凯瑟琳·沃尔斯顿的恋情，这本小说是献给她的。格林的传记作家诺曼·谢里将他们这段恋情称为"本世纪最伟大的文学恋情"。不管是哪个说法更接近本来面目，这本小说已独立地存在于这个世界上了。它无须任何浪漫背景为其做修饰，就其本身来说已足够震撼人心了。不然的话，福克纳也不会称赞它为"我这个时代里最真实也是最感人的长篇小说之一，在任何语言里都是如此"。

这是部关于爱与失去之痛的悲剧。当然一旦读到这种故事，你可能会不由自主地寻找着曾经有过的故事模式与它对应一下，然而你会发现一无所获，它是没有先例的事实，尽管你知道它是小说，很大程度上都是虚构的故事，然而当它的悲痛感向最深处抵近的时候，你就会觉得：这种表面上看是一种三角恋的结构本身已无足轻重了，它与任何感情模式都没有关系，它在那里，如此的沉重，时间的流逝也只能加重它的分量，而无法有任何意义上的减轻与模糊，它只能越来越清晰地存在于仍旧活着的经历着它的延续的人心里。

相对于死亡来说，在人的生命历程里，恋情的终结无疑总是要来得更早一些。这也就是人的痛苦之所在，爱的人不在了，而需要这个爱人的人仍旧不得不活下去，只能在记忆里去搜寻与这最为刻骨铭心的恋情有关的已然破碎的细节与幻影。恋情也并不是因为它现实地伴随了人的一生或者半生才显示出其价值与力量的，而是由于它某个瞬间里将经历者的生命本身击穿，留下一个在此后的时间里再也不可能弥补的黑洞。

通常情况下，我们习惯于知道人们总是因为相爱而在一起，然后又因为不再爱了而离开。但是这个故事却不是这样的，他们因为爱而在一起，又因为爱而分离。她懂，可是他没能懂。对于他来说，这是个悖论，无法在他的头脑与心灵里符合任何道理。他的内心因此而失衡，他因此而愤怒、狂躁，莫名地猜疑与无谓地嫉妒，他无法理解，一个女人怎么可能因为爱而离开呢？他无法接受她临别前的深情告白："你不用这么害怕，爱不会终结。不会只是因为我们彼此不见面……"

那么之前的一切激情与幸福又意味着什么呢？他，小说家莫里斯因创作需要而结识了政府公务员亨利·迈尔斯的妻子萨拉，两人在第二次世界大战时的伦敦开始了这段恋情。他们在灯火管制的小公寓里终日缠绵，偶尔闹闹恋人式的小情绪，而且他们胆子越来越大，最放肆时，两人竟然在亨利生病休息在家的时候就在楼下房间里幽会。他们用火热的无法遏制的恋情面对着战争造就的死亡阴影，"那时候，在我们的前面有整整一个人生可以企盼"。

他在一次空袭中险些丧命，在躲过死亡的新生般的狂喜中，他得到的却是她的分手告别。他不明白她为什么要这样做。他陷入了混乱状态，他的猜疑与嫉妒达到了顶点。他甚至怀疑她另有新欢。他心头充斥着怨恨。为此他雇用了一个私家侦探，试图找到想要的答案。而那位有些潦倒的侦探带着儿子悄然接近了她，进入了她的生活，终于找到了最重要的证据——她的日记。

"只要我不停地写，昨天就是今天，我们就会依然还在一起。"她在日记里写道。她从不缺少最本质的激情，可她无法找到一个让自己内心平衡的支撑点。因为在她的身旁不只有这个她深爱着的恋人，还有那位软弱而又善良的丈夫，还有"仁慈的天主"。尤其是后者，那位本来并不让她相信的天主，改变了她的选择。在那次灾难般的空袭中，她以为他死了，并为此而近乎疯狂，于是她开始了那段令人心痛不已的祷告：

"亲爱的主，我说——为什么是亲爱的，为什么是亲爱的呢？——让我信你吧。我无法信你，让我信你吧。我说：我是个婊子、骗子，我恨自己。我自己什么也无法做到。让我信你吧。我双目紧闭，两手的指甲用力地掐自己的掌心，一直掐到自己除了疼痛以外再没有别的感觉为止。我说：我会信你，让他活着吧，我会信你。给他一个机会，让他有自己的快乐吧。你这样做我就信你。但是这样祷告是不够的，这样信主也太轻松了。于是我说：我爱他，如果你能让他活过来，我什么都愿意做。我非常缓慢地说：我会永远放弃他，只要能让他侥幸活下来就行。我的指甲掐了又掐，已经能够感觉到掌心的皮肤给掐破了。我说：人们可以在彼此不相见的情况下去爱，不是吗？他们看不到你，但是一辈子都爱你。这时候他从门口进来了，他活着。当时我想，没有他的痛苦开始了，我希望他还是再回到门下面安安稳稳地死了才好。"但是，他当时并不知道还曾发生过这样的事。他不知道他的对手他的情敌并不是一个普通的男人，而是"天主"。他不知道她许了愿，为了他的生还，而他确实奇迹般地生还了，所以她要还愿，不能背叛仁慈的给予她奇迹的天主。

在猜疑、嫉妒与怨恨中，他显得是那么样的自私而狭隘，也有些可怜。当然这并不是他的错，几乎大多数的男人在面对这样的局面时可能都会很自然地有这样的反应。他这一切皆因爱而起，越是表现得强烈，就越是说明他的爱仍在深入，而不是淡化。他实在找不到合适的答案说服自己接受命运的安排。他觉得自己就是被她无端地抛弃了。然而，爱得更深更痛苦的，是她，而不是他。她的祷告意外灵验之后，她觉得应该履行诺言，去皈依天主，不再与他相见。但是天主不能安慰她的心灵，不能满足她爱的渴望，不能让她获得真正意义上的内心的安宁，仅仅是一个怀念往日的梦，就足以把她重新抛回到痛苦里：

> 我再也不觉得安宁，我真想像以往那样地要他。我想同他一块儿吃三明治。我想同他一块儿在酒吧里喝酒。我很累，我不想再要任何痛苦了。我要莫里斯。我要平常人的、堕落的爱。亲爱的主，你知道我想要你的痛苦，可是我不想现在就要。把它拿开一会儿，下次再给我吧。

除了爱，其实她无法产生真正意义上的信仰。她知道他怕什么。知道他为什么像个出庭律师那样抓住她的话不放，并且加以曲解，"我知道他害怕一旦我们的爱情终结就会将他包围起来的那片沙漠，但他却无法意识到我的感受也完全一样"。他是如此缺乏安全感，在她眼中，"他嫉妒我的过去、现在和将来。他的爱情就像是中世纪的贞节带：只有同我在一块，在我里面的时候，他才会感到安全。只要我能让他感到安全，我们就能平静、快乐，而不是粗野、无节制地去爱，沙漠就会退隐到看不见的地方，或许一辈子都会如此。"但他不知道她同样缺乏安全感，"我一直想被人喜欢或者爱慕。如果一个男人突然对我发火，如果我失去一个朋友，我就会有一种强烈的不安全感。我甚至不想失去丈夫。无论何时，无论何地，我什么都想要。我害怕沙漠。在教堂里，他们说：主爱你，主就是一切。相信这种说法的人不需要被人爱慕，她们不需要同男人睡觉，她们感到很安全。可是我无法凭空虚构一种信仰。"

　　找到答案，对于他来说，既是个痛苦的求证过程，也是个要摆脱的过程。实际上他已经预设了答案，那就是怀疑她已别有所恋。男人似乎对于有过移情别恋的女人总会容易产生这样的疑虑，一旦他不能从她那里持续得到可信任的信息与气息，他转眼就会失去内心的平衡，失去判断力，陷入自己想象出的困境。在狂热地爱着的人，无论男女，没有哪个是不贪婪的，都想要的总是很多很多，为了这个多，可以什么都不顾。这样一种内心欲望过度膨胀的过程，实际上从始至终都蕴含着危机，有着气球一样脆弱的经不得一碰一刺的本质。

　　对于他来说，他可以容忍她跟丈夫在一起，但绝对无法容忍再有其他的男人出现在她的身旁。相反，对于她来说，爱的包容性却更强，她觉得既然自己如此爱他，那么即使还有其他人出现在他的身边她也是可以理解的，因为她爱他。也正是为了这种爱，独一无二的爱，她才可以离开他。但她没有想到的是，这对于他来说，恰恰是个不能承受的沉重的谜。即便是后来他知道她离开他的原因之后，也把责任归于天主那里，认为是对天主的信仰夺去了她对他的爱。以这样的一种方式失去爱的男人，似乎总需要找到一个内心的情敌，可以让他忌恨，才能或多或少平衡一下他那焦灼失重的心。反之，如果这个对象是不存在的，那对于他来说，才是最沉重的打击，直接将他丢进虚无中了。面对天主这样的一个对手，他知道自己是无能为力的，你可以不信仰天主，但无法改变天主造就的一切事实。

"我们失去了联系。我们在同一片沙漠里，在寻找的也许是同一眼泉水，但却相互看不见，总是孤零零的一个人。我之所以这么说，是因为要是我们在一起的话，沙漠就不再会是沙漠了。"但是他还是回来了。这一次，他完全明白了她的爱是什么样的一种爱。他确信不可能还会有别样的爱了，哪怕他们已经挥霍了很多，可是剩下来的也还是足以供他们两个人生活之用。他一下子从自己设置的陷阱里跳脱出来，什么都不在意了，除了她的爱。可是，也就是在这个时候，她病了。病得很深，不只是身体的，也不只是心理的，还有看不到的，她的能量快要耗尽了。可是很不幸的是，他的冲动来了，他像个不谙世事的小伙子那样不顾她的阻止去见她。

在那个雨雪交加的晚上，为了躲避他，她逃到了冰冷的街上。爱并不能解决所有的问题。最后他找到她的时候，她已经筋疲力尽了。"对不起，"她说，"走吧。求求你了，莫里斯。行行好。"他也知道自己这回是机关算尽，把她折磨到头了。他没有恨了。但在他心里，"尽管她有错，尽管她不可靠，但还是要比大部分的人都好。我们当中不妨有谁能够信信她：要知道，她从来就没有信过自己"。直到此时，他对她的判断仍旧是充满了矛盾。

如果说生命是一种能量的话，那么显然爱也是，它是能量中的能量。它甚至可能就是能量的核心。当一个人不能再爱的时候，他的生命也就进入了垃圾时间，可能会比之前的所有已知的时间还要漫长，永无终点，就像一颗报废的卫星，继续漂游于空寂浩渺的宇宙浮尘里，再也不能发出什么有意思的信息了，再也不会发现什么了。

莫里斯最后鼓起的爱情之火随着萨拉的死而破散了。他只能恨天主了。因为也只有这样的恨，才能与他对萨拉的爱相伴下去，直到自己生命的尽头。他已是个只有回忆而没有未来的空空之躯了。所以他才能那样安静地与萨拉的丈夫亨利待在一起，像恋人们那样经常在晚上一起散步。死去的萨拉成了他们之间的纽带。他不知道什么能治疗自己的心病。他只是找到了一句跟冬天的情绪很相称的祷告词：

"噢，天主啊，你做的已经够了，你从我这里抢走的东西已经够多的了。我太疲倦，也太衰老了，已经学不会爱了。永远地饶了我吧。"恐怕没有比这更感伤的告白了。萨拉临死前向他求饶。而他则向天主求饶。

这部写于20世纪50年代的小说，即便现在看来在手法上仍旧很当代。格林的叙述与结构能力只能用炉火纯青来形容。尽管它在最后的那十几页表面上看似乎多少有些拖沓，但我仍旧认为它写得非常好，能把那种最难表达的情感状态呈现得让人心惊不已、心痛不已、感叹不已。尤其是后面，他在他们家里住下，在她的遗物里寻找她过去生活的影子与痕迹的场景，使得整体上更为饱满均衡。他立足于回忆的视角，打破了线性的叙述过程，使用了散点交织的结构方式，正像他自己借用莫里斯的口吻所表达的那样："如果我的这本书没有平铺直叙地来写，那是因为我在一个奇怪的区域里迷失了方向：我没有地图。"

这种迷失当然与人物的心理状态是十分相符的，同时也与萨拉日记里的那些纯净而火热的文字构成了不同的空间对应，那情形就仿佛一条浑浊的河流里涌现出一股清冽激越的泉水，产生了回荡不已的效果。恋爱中的男女的错位感,尤其是男人对女人的不懂,是整篇的主调,无论是所谓爱情的,还是亲情的,那两个因她而痛苦的男人其实始终都没有真正懂得这个女人。带着无望的爱,她在孤单中死去了。恋情的终结,与其说是个完成了的过程,不如说是个始终都不懂的过程。因为不懂,所以终结了,也因为不懂,永远都无法完成了。

在格林的克制而温和的笔下,精彩的句子可以说是层出不穷。比如说:

"对于我来说,安逸就像是在不对头的地方、不对头的时间里勾起的不对头的回忆:人在孤独的时候宁愿不要安逸。"

"有些人身上有着你没有的美德,这样的人总让你忍不住要去逗弄逗弄。"

"我们人类是多么的乖戾无常啊,然而他们却说我们是天主创造的。在我看来,一位不像全等式那样简单朴素、不像空气那样澄澈透明的天主是难以想象的。"

"人们会在喝醉了酒的人身上,在孩子们身上发觉快乐,但很少会再在别的什么地方看到它。"

"我们大家到底有些什么好期待的,竟然能够听凭自己的心里塞满失望?"

但在这本书里给我印象最深的句子,却是格林引用在衬页上的莱昂·布洛依的那句话:

"人的心里有着尚不存在的地方,痛苦会进入这些地方,以使它们能够存在。"

我认为这句话非常适合用来作为这本书最后的注解。

被夺走了时间的蚂蚁

——评马克斯·弗里施的《彬，北京之行》①

当你合上这本薄薄的书，可能会发觉，它就像一场刚散去的雾，或是刚被醒来淹没的梦。假如你有着丰富的做梦经验，又喜欢浮想联翩，下意识或以你需要的方式重构梦境，那么马克斯·弗里施这本出版于 1945 年的小书《彬，北京之行》，就是写给你的，任何时候你重新打开它，都有可能像进入一个新的梦。

弗里施深谙梦的机制和秘密，知道如何以此衍生出貌似梦的写作艺术，以那种随机触发的方式构建全新的叙事空间，突破时间的禁锢……像书中人说的那样："时间按钟点记录我们的经历，是不对的。时间是理智用以整理归类的一种骗术，一种强加于人的图

① 本文所使用《彬，北京之行》中的文字均出自［瑞士］马克斯·弗里施：《彬，北京之行》，重庆，重庆大学出版社，2012。

景，根本就没有与之相符的心灵上的实际。谁要是知道，梦境互为根源，相成相生，该有多好!"(马克斯·弗里施:《彬，北京之行》，重庆大学出版社，2012年，42页)只有这样的艺术才能把不可逆转停顿的时间线索破解成散点，化作可以四处随风丛生组合的景物……在那个世界里，你可以是任何事物，随时出现或消失在任何地方，拥有不同的经历。

面对沉重复杂的现实世界，这不过是一种内向的逃离。"我"从沉默的河沙里淘出稀少的黄金颗粒，把它们像花粉一样与俗世尘埃混合在一起发生化学反应，制成通灵的药剂，开启被日常时刻里封闭多时的感官与想象的能量，带着隐秘而绝望的诗意和极度的孤独，去探求个体重新存在的可能。就像小说里那个与"我"若即若离且时隐时现的精神伴侣式的人物"彬"(Bin，在德语中，bin是动词sein(存在)的单数第一人称现在时的变化形式)一样，这种"存在感"以及对它的渴望，都是暧昧而脆弱的。

所谓的"北京之行"，其实也就是努力重获"存在感"的非同寻常的逃离之旅。从一开始，"我"就在用充满游离感的梦幻般场景不动声色地剔除记忆里的现实痕迹;同时，现实又以同样的不动声色不断改头换面重新渗透进来，让无望的气息悄然弥漫。因此，"我"在中途就已然意识到，无论如何自己都是无法抵达"北京"的，尽管在某些瞬间似乎已靠近了。作为一个仍然身陷战场的士兵，"我"虽能通过想象遁入梦境般的异度空间，却终究不能真正逃脱。因此在这部明显有些诗化的小说里，"我"尽管拥有了列子御风般的想象与叙事的某种自由，却始终无法真正摆脱紧紧尾随其后的阴影般的悲剧意味。

1945 年的欧洲已进入第二次世界大战的尾声。面对充满死亡与废墟的近乎崩溃的世界，或许那古老的万里长城附近的帝都"北京"这样遥远的地方，才适合指引催生这样的幻想与逃离之旅吧？我们甚至能从《彬，北京之行》里嗅到卡夫卡那篇没写完的小说《万里长城建造时》的某种气息，在猜想弗里施也会想象长城对北方残忍野蛮人的阻挡的同时，我们顺便重温一下卡夫卡小说里那段意味深长的话："人的本质说到底是轻率的，天性像尘埃，受不了束缚；如果他自己束缚起来，不久便会疯狂地猛烈挣脱束缚，把长城、锁链以及自身都扯得粉碎。"①想想那时人们对战争的恐惧厌倦和半个世纪里的两次世界大战，这话确实令人绝望。

"在多年等待之后，我们面临一个切身的问题：我们在这个地方究竟有何希冀？"

答案当然是没有。小说中的"我"，正是在一切被"扯得粉碎"的大背景下开始"北京之行"的。"我"与精灵般的彬在无序时空里展开的冥想般的旅程更像个剥离的过程。"我"被"一种思念之情指引"（"是一种对新的人的三月间的怀念"），开始在春天里漫游，浮想逝去的生命里的那些特殊场景，努力把自己从残酷的战争阴影中慢慢剥离。"我"的要求确实不多，甚至只能算是最低要求，去遥远的北京并非为了实现什么伟大梦想，仅仅是为了把那卷象征毫无意义的日常事务的图纸找个地方放下，然后"有活干，有饭吃，有钱赚"。

---

① ［奥］卡夫卡：《卡夫卡全集》第 1 卷，334 页，北京，中央编译出版社，2015。

而"北京之行"的意义是让记忆中深藏的事物重现……有梦一般的青少年时代，有曾经的爱情，有愿跟"我"远走的理想恋人中国姑娘玛雅，有各种被重新提纯的近乎虚幻的风景……而"我"漫游在脱离了时间的大地上，像在前行，也像在倒退，在寻求希望的过程中绝望地思考死亡……而当"我"知道，那个胖脸王爷竟认识并欣赏一个"不怕丑、不怕脏的"，喜欢"在所有的酒馆里吹嘘他的风流韵事"的叫"伊西多·虚纳瓦德尔"的欧洲人时，"我"对北京的"金色想象"出人意料地被彻底打破了。很快的，与死亡相关的故事一一降临：那个性情怪异的避世画家的，那个准备好自杀的孤独者的，还有那个受穿着雨衣出现在剧场里的死神惊吓，意外地让父亲成了自己替死鬼的故事……而"我"知道，自己也将替儿子而死。

最后，当艰难地逃离死神追逐的"我"从战场上重返家园，把刚醒来的孩子抱在膝上，觉得他才最像"带领我们上北京"的彬时，也把最后的一点微弱希望，寄托在这孩子身上。而"我"呢，除了继续那种习惯成自然的"一切都充满矛盾和荒谬……滑稽可笑"的"蚂蚁般的生活"之外，似乎再也没有其他可能了。"心灵与一架铲雪机相似，它推着一大堆没有满足的生活朝前走，这一堆东西不断增长，越滚越大，越推越费劲，推得心灵疲惫了、老了，其结果是一生已经过去，可是我们仍不遗余力，求得长生不死。我们发明出一种又一种方法……""我们不知道谁夺走了我们的时间。我们不知道我们是谁的奴隶。"

黑暗与焦虑中的漫游者

——关于彼德·汉德克的小说集
《守门员面对罚点球时的焦虑》

　　跟彼德·汉德克的盛名相比，其作品在中国出版的过度延迟显得特别"诡异"。这个现象似乎只能理解为某种突发的禁止与莫名的遗忘交替作用的结果。而无论是禁止还是遗忘，其实跟其作品本身并没什么关系。想想他能在 20 世纪 90 年代为前南斯拉夫打抱不平，还在 2006 年参加了米洛舍维奇（被海牙国际法庭判战争罪的前南总统）的葬礼，成为与整个欧洲主流态度为敌的众矢之的，那么他和他的作品在任何地方触动禁忌就都不足为奇了。

　　作为"这个所谓的世界"的执着另类，他始终是个质问者。虽说他的作品中文版姗姗来迟，面对它们又确实需要同时面对很大的时间差，但要是我们有足够的耐心以它们为参照，来考量当下那些毫无艺术追求的写作现象，来重新审视我们这个正经历着持续巨变的社会，以及一切有价值的东西都在破碎、庸俗风潮泛滥成灾的现实，就不难发现它们超越时代的价值与意义。

跟20世纪所有在写作艺术上卓有贡献的大师们一样，彼德·汉德克的作品从本质上说是为所有时代的"少数人"而存在的。换句话说，它们是挑读者的。就像那些海拔五六千米以上的高峰，尽管闻名于世，但对于普通游客来说却并非旅游之地，要想攀登上去，仅有一时的好奇是远远不够的，还需要足够的勇气、耐心和持续反思的动力。如果这样说还显得过于空泛，那么我们可以更具体些——阅读汉德克的作品要面临的主要"障碍"，就是你无法抱着读故事的心理或一般看小说的感觉去进入它们的世界。因为汉德克要做的，从来都不是反映现实，也不是以人们习惯的方式揭示有序世界里的悲喜剧或历史洪流中的个体遭遇之类的事；甚至也很难借助文学史里提供的那些关于现代小说、实验小说的概念进入它们，因为它们让你面对的，不只是关乎新观念或文体革新的范例，更重要的还是一个没有过去、没有未来、正在发生的关乎解体与无序的世界。要越过"障碍"，就需要读者能放下那些预设的观念，丢开对任何"地图"的依赖，要像小说中的人物那样，置身于陌生无序的世界里，去慢慢体会关于个体破碎的残酷处境。客观地讲，这个阅读过程会是异常艰难的，但是一旦进入其中，读者就会逐渐体验到极为复杂而又深刻的震撼。

这个小说集里收的是汉德克的早期作品，尤其是《推销员》和《守门员面对罚点球时的焦虑》这两个小长篇，都是其早期代表作。它们虽然貌似形式各异，甚至在运动方向上是截然相反的，但在生成机制上是一致的，是有着亲缘关系的。在很大程度上，后者很可能就是从前者中另一个凶杀案衍生出来的。

特别值得注意的是，它们的两个主人公（无名推销员和前著名足球守门员布洛赫）尽管身份、处境、遭遇都不大一样，却有着极为相似的气质或说精神上的同质性。以至于我们可以认为他们其实是一个人的两个阶段。他们的共同特征，就是那种漫无目的的游荡状态。像解体的世界里脱落下来的两个碎片，他们以各自的方式随波逐流——推销员在体验环境解体中的自我解体状态，而布洛赫则像试图在自我解体之后寻找重构的微弱线索与可能。如果说推销员面对突然显现的现实处境采取的是放任自流式的沉湎，那么布洛赫这位莫名失业的人所采取的，则是毫无目的的自我放逐。他们在某种意义上似乎都丧失了或放弃了日常逻辑思维的能力和需要。推销员在体验的，是自我破碎后漫无止境的坠落过程，除了体验本身他似乎毫无所求；布洛赫则是落入黑暗的无序境地之后，下意识伸出手来试图抓住点什么，但那动作本身又是那么的迟疑和微弱。跟推销员不同，他为自己预设了放逐的终点，因为他毫无动机地杀了人，那个无辜的电影院女售票员……他像要做一个终极测试，看看自己在制造了死亡之后是不是还有对生的需求。对于他们来说，这个无序的世界里没有什么是确定无疑的，不再有任何线索可以遵循，也无法提供任何稳定的能让他们产生存在感的支点和存在的目的，更不用说意义了。

如果说在过度的大规模工业化和商业化潮流背景下，社会早已呈现不断裂变和解体失序的征兆，那么在这个过程中，个体的人的普遍解体和碎片化就是无可避免的后果。或许也正是在这样的语境里，我们才有可能会意识到，为什么福柯所说的"人死了"是继尼采说出"上帝死了"之后的又一个重大事件。当然汉德克并不是要做哲学思考，也不是要通过对什么人性的分析为"人死了"的现实提供解决方案，或许倒是对某种类似于将海德格尔说的"常人"抛入未知以求得新的存在可能的小说实践。从这个意义上说，我们甚至可以把汉德克的这两篇"漫游"小说直接归入德国浪漫派漫游小说（比如，蒂克的《弗兰茨·施坦恩巴尔德的漫游》、诺瓦利斯的《海恩里希·冯·奥夫特丁根》等）的谱系，或至少可以把它们视为对那些遥远先辈们的现代呼应。

当然，汉德克笔下的人物所进行的漫游，更像是在无边的黑暗中进行的，而且在那些看不出头绪的场景与细节里，也实在感觉不到有什么日常意义上的有趣的东西，那所谓的黑暗也并不是物理现象，而是漫无边际的焦虑状态。他们在行动，可是没有目的，没有动机，没有动力，也没有停下来的理由……仿佛世界本身以及任何一个角落都是一台永动机式的装置，而身处其中的每一个人，都在身不由己地永动下去。

在汉德克的观念里，"世界不是存在于语言之外，而是存在于语言本身；只有通过语言才能粉碎由语言所建构起来的、似乎固定不变的世界图像。"①好吧，我们可以认为语言能让虚构的世界与现实的世界失去界限，它们不断地交汇融合，不断碰撞解体，然后在

① ［奥］伯恩哈德：《维林根斯坦的侄子》，总序 5 页，上海，上海人民出版社，2014。

某个瞬间里透露出重新聚合为新世界的种种可能。作为它们之间的模糊地带的我们，到底应该如何去区分呢？在汉德克笔下展开的，是个恍惚而又充满疏离感的世界，它的空间与时间常常是错位的，无法同步的，其中的人物是难以交流的，始终都不知该如何描述眼中的世界……在他们的躯壳与内心之间，存在着一个液态的游离层，迟钝而又动荡。他的文字光滑坚硬而又容易让人沮丧，又总是能轻易黏住你，当你试图从中捕捉到什么的时候，就会发现最后得到的只能是各种各样的错觉。

以《推销员》为例——因为它对于读者来说有着令人惊讶的阅读难度，它的结构方式也确实很容易让人联想到巴赫的那种充满数学感的管风琴乐曲，每一章都是两部分，前面的部分是对人们熟悉的谋杀故事的技术性解析，大部分章节的标题是以无序或秩序，或二者关系为主的。在解析的过程中，作者开始悄悄引入一些具体的联想，关于人物的特征，"他的行为举止像一个推销员。也许他就是一个推销员。"[1]随后，这个推销员真的就出场了。但采用的视角是"后来者看到"。谁是"后来者"？是跟踪推销员的人，还是作为读者的我们？可是不管是谁，都将迅速地陷入碎片般的场景所生成的洪流。那些无序的场景碎片不断地汇合到一起，漫无方向地四处奔流，就像来自五六台摄影机拍下的无数胶片，以每一帧图像为单位重新随机剪辑在一起。想想看，当它们流动起来，你怎能看到连续的图景呢？

---

[1]　［奥］彼德·汉德克：《守门员面对罚点球时的焦虑》，5页，上海，上海人民出版社，2013。

没错，一切都是那样的连续不断，可是每个瞬间之间似乎又都没有关联性。推销员不是忽然闯入者，而是偶然陷入者，你无法知道他到底是主动认同现实的无序性，还是被动地接受了这种无序状态。当你缺乏耐心时，会觉得无法进入其中，而当你有了足够的耐心时，又会忽然意识到自己仿佛就是那个推销员，他疲惫，迟钝，意识与身体游离，会在做出某个举动之后过一会儿才意识到这个动作，他在看，但是散漫得毫无逻辑……对于他来说，所有的场景就像是无尽的沙粒一样不断地随机陈列堆积着，他看不到它们之间究竟有什么关系，即使是谋杀事件本身置于其中也丝毫没有突兀的感觉。他好奇，或者说只不过试着恢复好奇的能力，但这又是不大可能的，只是他不在乎而已。那么他到底想要什么呢？存在。或至少也是跟那些日常存在产生某种关系。他甚至会幻想着自己被误认为犯罪嫌疑人，因为他对一切都显露出过度好奇的样子，然后被他们残酷地审讯，几乎致死。而在另一场谋杀案的现场，他又见证了凶手显形的过程。除了那两个人的死，有什么是确定无疑的吗？没有。推销员看到的一切、幻想的一切，从始至终都是无序的，也是无法理顺的。

《推销员》的每一章都仿佛隐藏着一个激流中的强力漩涡，当你还徘徊在每一章的前面部分对于谋杀故事模式的平稳而又理性的解析时，后面突现的那些摇摆在有序与无序之间的场景、细节，会突然让你陷入其中，随即被淹没，而这样的一种瞬间失重般的坠落体验会让你觉得自己就像那个推销员一样，在场可是又无法存在，因为无论是环境还是个体本身，解体的过程一旦被启动就无法终止。

在汉德克的笔下，所有的细节与瞬间仿佛都是随机触发生成的，它们弥漫着，像暮色降临后的大雾，让阅读者这个后来者迷失其中，并在执着寻找可能的线索过程中慢慢地变成了那个推销员，一个沉湎在自我解体状态里的漫游者，在不知不觉中承受了整个解体中的纷乱世界。

现实的确实可信性并不是因为它是现实，而是因为身处其中的人们习惯了置身其中形成的某种处境，并因此而产生了可循环不已的习惯语境，从而把对现实产生怀疑的可能性降至最低限度。汉德克在这篇小说里所展现的，除了对于那些日常习惯思维和语境的双重颠覆，还有对普通人的现实残酷处境及个体解体状态的深刻揭示。

以此为基点，我们再去对照一下利用《推销员》基因创造的变体产物——《守门员面对罚点球时的焦虑》这篇风格手法都明显不同的小说，或许就不难产生这样的判断：对于任何人来说，要想实现"存在"都是异常艰难的，就算有足够的勇气将自己抛入未知深渊，可能也只不过是碰巧抓住了虚无境地里的那个近乎永恒的焦虑。

女巫魔法时刻的冷酷盛宴

——关于安吉拉·卡特的
《焚舟纪》之《美国鬼魂与旧世界奇观》①

安吉拉·卡特不是那种容易归类的作家。那些现代的、后现代的文学概念，对于她的作品都不大适用。一个重要原因，就是她的创作从一开始就没有纠结于如何在传统、现代或后现代的那些方式中做出某种选择，而是另辟蹊径，从类似于"民间故事"的芜杂暧昧的范畴里找其小说方法论的主要资源，并形成充满诡异气息、冷色调、自说自话而又残酷的风格。

安吉拉·卡特的独到之处，是她没有像很多作家那样，总是企图把"故事"讲得更完美更逼真可信一些，相反，她所做的，是将"故事"里的非理性因素和种种残酷意味充分释放，让所谓的"真实

---

① 本文所使用《美国鬼魂与旧世界奇观》中的文字均出自［英］安吉拉·卡特：《美国鬼魂与旧世界奇观》，南京，南京大学出版社，2012。

世界"轰然倒塌，当读者还在恍兮惚兮地瞠目瞬间一击中的……你知道，她就像一个女巫，对你施了某种法术，但你还是不知不觉就被她说服了。这样的一种风格，在她的短篇小说合集《焚舟纪》里展现得最为淋漓尽致。这也是为什么向以追求奇谲风格著称的撒尔曼·拉什迪会毫不犹豫地将《焚舟纪》置于安吉拉·卡特的所有作品之上。

实际上，安吉拉·卡特的作品早在 2009 年就已成批登陆中国，但反响并不大。原因也并不复杂，她没得过诺贝尔文学奖，也没被归入某个名声响亮的文学流派，那些作品既不能满足国人的移情趣味，也不能提供极易流行的好莱坞式"震撼体验"；既不能让人们直白地获得情感慰藉，尤其不能提供关于"人生意义"的指向性答案……她的作品只提供诡异、惊诧和不安。作为一个文学异类，她把写作的根茎扎入极具野生气质的"故事"渊薮里，并以其非凡的想象力和创作力催生出瑰丽得令人触目惊心的奇近乎邪的叙事之花，而这，对于普通读者来说多少有些"重口味"了，不是谁都能享受得了的。即使在英国本土，她也没有得到本该属于她的那份儿评价。

在《焚舟纪》的五本小说集里，最好先看《美国鬼魂与旧世界奇观》。因为里面的作品能让我们更直观地解析安吉拉·卡特的写作风格与方法——它是个关于其小说艺术的理想样本。通过它，就不难发现，在剔除那些通常会与民间故事、童话、传说骨肉相连的"说教"意图和对因果关系的惯性强调之后，安吉拉·卡特怎样做到让那些"故事"获得如此令人惊诧的叙事自由和锐气逼人的效果。无论从哪篇看进去，你都会迅速地被其叙事魔力所感染，以至于你很可能不会把她看作一个传统意义上的作家，而会确信她就是一个以文字为法器的女巫，兼具沉静、通灵、癫狂、魔法、幻想等特性，并始终都在以极为鲜活的方式交织呈现在你的面前。她的文字魔法瓶能把那些你知道的不知道的任何材料随意进行化学反应，转化为新的事物，焕发奇异的光华，随时生成全新的"故事图景"和叙事的"场"，而她自己则是若有若无、时隐时现。

我们可以先看那篇《扫灰娘》，副标题是《母亲的鬼魂》，是"一个故事的三个版本"。它的原型是"灰姑娘"的故事。在第一个版本《残缺的女孩》里，安吉拉·卡特先是不慌不忙地边分析边解构原来的故事，同时让新的故事在思考与联想中悄然生长、陌生起来……但故事的主角已变成灰姑娘已故母亲的鬼魂，你会忽然不安地意识到，灰姑娘嫁给王子过上幸福生活的故事已不复存在了，展开在你面前的，是两个疯狂的母亲为了让自己女儿获得"幸福"造就的一场充满血腥的竞争。

而在第二个版本《烧伤的孩子》里，作者出人意料地把对"灰姑娘"的望文生义作为故事的新起点——"一个烧伤的孩子住在灰烬里"。这一次她写的是鬼魂母亲如何帮助灰姑娘抢走继母的情人，并跟他结婚的故事。在这个过程中，夺爱成功的灰姑娘其实更像是鬼魂母亲发泄怨恨的牺牲品。到了第三个版本里，这个故事变得更加短促而令人伤感，并有种让人毛骨悚然的残酷意味——鬼魂母亲给予灰姑娘的帮助，是把眼中的蠕虫变成珠宝首饰，把自己的棺材变成马车，让女儿穿着喜气的红装乘车奔向王子……并对她说："去闯荡你的人生吧，亲爱的。"这更像个悲剧的结尾。

就这样，安吉拉·卡特把一个原本会让孩子们觉得美好的浪漫童话颠覆成三个残酷故事，以母爱的名义。她要揭示什么呢？显然，既不是肤浅俗套的人生道理，也不是故作单纯的美好愿望，而是"故事"之所以成其为"故事"，是因其丰富的可能性以及并不需要依赖于理性逻辑，同样也不需要"资产阶级写实主义的复杂技巧"，正是那些非理性因素和诡异的结构方式，使"故事"拥有了非同寻常的叙事张力。看完这三个版本，你甚至会觉得，如果需要的话，安吉拉·卡特完全就有本事写出一百个关于"灰姑娘"的版本。

　　这个集子里的九篇故事，每一篇都有其独特的叙事样式。如果说像《扫灰娘》这样的作品还只是小小地展示了一下作者对旧故事的解构重构能力，那么在《艾丽斯在布拉格》这样的作品中，她则以冷幽默的方式巧妙而又异想天开地透露自己对那些穷尽知识的偏执企图和狂热迷恋理性者的嘲弄。还有谁能像她这样把扭曲的理性、欲望、性、数学和漫游奇境的艾丽斯组成全新的不可思议的故事吗？艾丽斯竟然因为这些愚蠢的家伙而回不到书——"胡言"与"非识"的世界里了，而他们则再也回不到那些最简单的乐趣里了，求知的欲望和常识之翳让他们对世界视而不见。每一次在艾丽斯问他们难以回答的数学题时，你都会下意识地想笑，但又会马上打住这个念头，因为你实在不知道笑声会折射到谁的身上，说不定会是自己呢。表面上看，安吉拉·卡特的叙事是极为跳跃而又总是隐伏很多微妙陌生的意味的。比如，在《艾丽斯在布拉格》里有这样几段文字，就颇有代表性：

"理性变成了敌人，阻挡我们许多乐趣的可能。"弗洛伊德说。

有一天，当河里的鱼冻死，在冰寒如月的中午，大公将会来找迪博士，疯狂的眼睛一只像黑莓一只像樱桃，对他说：把我变成一场丰收庆典！

于是他变了。但天气并未好转。

很多情况下，安吉拉·卡特的叙事之所以会给人以跳跃不居的感觉，都是由于她很少会依赖线索来组织故事，而且她的联想方式本身就有着随机触发式的特征，那些片段的情节和场景就像乒乓球一样，被她随手挥击打到墙上再弹回来，无论弹出什么样的线路都能被她控制得仿佛是它在自己飞舞似的。往更深一层说，作为叙事者，她能即时敏锐地捕捉到当下叙事空间里的任何信息或可能隐藏着更为微妙的信息的细节，并迅速将它们组织起来，衍生出新的情节或场景，以至于有时你都难以分清哪些是视觉意义上的而哪些只是叙事者脑海里的念想。

当然她也可以用那种传奇故事的方式戏仿美国西部片的效果写出《约翰·福特之〈可惜她是娼妇〉》这样的乱伦故事；还会用类似于早期博尔赫斯的笔调写出《魔鬼的枪》这样的复仇故事。颇具炫技意味的《鬼船》和《在杂剧国度》，则分别从凝视和思考这两个角度映射出她对于那些有益于丰富故事样态的旧形式资源的再造利用的过程。而在《莉兹的老虎》这样的短篇中，她能把一个不可思议的 4 岁女孩儿私自外出去马戏团看老虎的故事写得如此令人震惊而又有着丰富的肌理和层次感，确实能展现出她的精湛技艺。在看完最后一篇《印象：莱斯曼的抹大拉》，你甚至会觉得，那个莉兹说不定也是某个"抹大拉"的女儿。

九个故事里写得最出彩的，要属那篇《影子商人》，这个关于"我"在加州访问某导演遗孀的故事，在艺术上达到了惊人的高度，那样一种荒诞离奇的故事状态，在她的笔下逐渐呈现的却是一种悲凉的诗意……显然，如果那些人是存在的，那么"我"就只能是虚无本身。

《焚舟纪》之《美国鬼魂与旧世界奇观》给我们带来的最大启示是：作者赋予"故事"以全新的存在方式和能量，让我们清楚地意识到，"故事"的世界并非陈旧过时的常识世界，而是充分摆脱了时间与空间束缚的未知、开放的世界，它的非理性基调和不确定性使得它可以完全无须纠结于再现或表现的叙事维度……它的对象也不是可见世界里的事物或现象，而是对空间里曾出现过的或正在流动中的各种信息的捕捉、激活、联想与重构，就像她自己所说的"女巫的魔法时刻"，所有的界限都变成了不完整的线索和头绪，而任何意义上的材料，都可以在想象中随时营造一场狂欢般的盛宴。如果说其中会隐藏着某种与生俱来的冷酷意味的话，那也只不过因为我们被开启的脑海上正被新鲜的北风所激荡，并会重新凝视体验这个被破除了诸多界限的无边世界。

欲望与书的迷宫

——关于翁贝托·埃科的《玫瑰的名字》①

　　博尔赫斯之后，轻率谈论书籍所构建的迷宫很容易被视为滥调。要想在这方面不陷入博尔赫斯的阴影，需要比较大的才能。1980年，翁贝托·埃科完成了《玫瑰的名字》。他虚构了一座迷宫式图书馆，有复杂的路径、无数珍本古籍、神秘的镜子，还有难解的文字密码机关……而围绕它们发生的，是充满偶然性的离奇死亡事件，以及曲折难料的探案过程。最后这一切都在那场意外的大火中化为乌有。由此我们似乎可以把它看作埃科对前辈博尔赫斯的某种回应。最明显的一点，是埃科塑造的那个狂热执着地

　　① 本文所使用《玫瑰的名字》中的文字均出自［意］翁贝托·埃科：《玫瑰的名字》，上海，上海译文出版社，2010；所使用《〈玫瑰的名字〉注》中的文字均出自［意］翁贝托·埃科：《〈玫瑰的名字〉注》，上海，上海译文出版社，2010。

守护着图书馆的盲修士豪尔赫，他博学多闻、当过很多年的图书馆馆长。显然，这个形象只能来自博尔赫斯（豪尔赫·路易斯·博尔赫斯）。

在后来的《〈玫瑰的名字〉注》里，埃科不无得意而又有点恶作剧地写道："所有人都会问为什么要用豪尔赫这个名字引人联想到博尔赫斯，为什么博尔赫斯又这样存心不良。我不知道！我需要一个看守图书馆的盲人（这在我看来是一个很好的叙述想法），而图书馆加上盲人，只能产生博尔赫斯……"当然，豪尔赫并不就是博尔赫斯。但不管怎么说，有了盲修士豪尔赫这个形象与图书馆迷宫，这部以14世纪意大利某座山中修道院为背景的小说也就有了自己的发条，埃科只是悄悄地把它上紧了。

埃科最初的念头，是要毒死一位修士。在《玫瑰的名字》里，被毒死的修士已不只一个。而耐人寻味的，是最后盲修士豪尔赫的死法——吞吃了那本被他涂了毒的珍贵古籍，在自己意外引发的图书馆大火中死去。这位坚信"敌基督"即将降临、有着强烈的时间紧迫感和宗教责任感、垂老衰弱的豪尔赫，竟是那个古老神秘的修道院的实际掌控者。他坚定地执行着对犯错者的严厉惩罚，最终却成为一个彻底的毁灭者，让图书馆终极性地做了一次"真理和谬误的见证"。这听起来有点儿像个寓言，当然埃科意不在此。在他的小说结构设计中，豪尔赫是用来对应那位负责破案的威廉修士的，他们一暗一明，一个要掩藏，一个要揭示，在彼此不断地角力并靠近的过程中，以不易为人所察觉的张力撑起了整个叙事空间。在很大程度上，他们都是埃科手中的"算子"。

"是建造起来的世界告诉我们故事该如何进展。"埃科想要强调的是，作者不能将设计好的必然性的过程强加给叙事和人物。尽管博学精明、有着惊人洞察力和逻辑推理能力，但威廉修士在那些非逻辑性案件中一筹莫展。他的冷静富有魅力，却无法破开迷雾。他的对手不只是躲在暗中的豪尔赫，还有"偶然"。要是你还有耐心并敏感，就会逐渐地感觉到，那种让威廉在关键时刻捕捉到稍纵即逝的偶然因素、借一线之光照亮全局的力量，才是其智慧所在。

在整个叙事的过程中，埃科准确地借助人物性格与命运的关系，不断释放着偶然性的能量。偶然性因素多次让威廉修士陷入逻辑的困境，但最终也给了他关键启发——阿德索随口说到可以暗指字母位置的文字游戏让他恍然大悟，解开了图书馆中的文字密码，揭开了全部的谜底。而后来在图书馆引发的那场毁灭性的大火，也仍旧是个偶然，给整部小说留下了一个充满虚无感的结局，就像一场过于真切的梦。

埃科是对中世纪历史有深入研究的学者，对于小说艺术也有着深刻的认识。他很清楚，这样厚度的小说要保持良好的节奏感和密度感、消除单调沉闷的可能，就要有多条明暗的线索交互作用。威廉修士师徒与修道院之间的关系，圣方济各会与教皇代表的关系；豪尔赫与修道院的关系，几位死掉的修士之间的关系；小兄弟会与教廷的关系；还有图书馆以及那本神秘古籍与整个修道院、那些人物之间，甚至基督教本身的关系……它们构成了丰富的叙事之网。为了强化虚构性、某种游戏性。埃科在前言中近乎刻意地提到，阿德索修士手稿的几经转手，最后又古怪地丢失，剩下的只有他自己的译稿，一切都无从考证。换句话说，这里的一切都是虚构的，但他让它们存在了。这既不是历史现实，也不是日常现实，而是小说的现实。正如他自己所说的："我发现……写小说，是宇宙学的事，就像《创世记》里讲的故事一样。"面对小说的现实存在，任何跳出小说以外进行指涉的企图都会误入歧途。

"我想要一个封闭的地方，一个集中营式的世界。"要想在如此漫长的叙事过程中保持足够的弹性与紧凑感，就得在时间与空间上给出相应的限制。这样就既有空间聚焦感又有矛盾冲突的集中性，还能使人物的内心世界在压力中发生爆裂，强化事件冲突的力度。"为了使它更封闭，我需要在地点的同一性之外，加上时间的同一性（既然行动的同一性是不确定的）。"于是故事被限制在七天里。"七"在基督教里是个特殊数字：上帝创造世界是七天，给威廉探案带来"重要启发"的《启示录》里，"七"频繁出现：七群会众，七个金灯台，上帝有七股灵，七个天使先后吹响了毁灭大地万物的七声号……在修道院先后死掉了七个人。这样的时空限制与死亡的每天降临构成的强烈不安与压抑，时刻都在膨胀，让人觉得一切随时都有爆裂的可能。

被埃科称为"一个什么都不理解的人"，"直到晚年，也不能完全理解，以致他最后选择了向神圣虚无的逃遁"的叙述者阿德索，从叙事的功能上讲，他既是个人物，也是埃科的一个面具。在埃科与阿德索之间，在 80 岁的阿德索叙述自己 18 岁时的经历之间，存在着多声部变幻。而威廉修士则很像是埃科的另一副面具。埃科区别于侦探小说家之处在于，他笔下的威廉修士并不是个无所不能的人，他能揭开真相多少有些靠运气，而他也深知自己并不是最后的赢家。但他有思想者的特质，面对"获而一无所获"的灾难性结局，他的思想仍能迸射出耀眼的火花：

"敌基督可以由虔诚本身萌生，由对上帝和真理过度的热爱产生，就如同异教产生于圣人，妖魔产生于先知一样。对预言者和那些打算为真理而死的人要有所畏惧，阿德索因为他们往往让许多人跟他们一样去死，而且还常常死在他们前头，有时甚至代替他们去死。……唯一的真理就是学会摆脱对真理不理智的狂热。……事情按照各自的规律进展，并不产生于任何方案……其实我该明白，宇宙本无秩序。……我们的头脑所想象的秩序像是一张网，或是一架梯子，那是为了获得某种东西而制造的。但是，上去后就得把梯子扔掉，因为人们发现，尽管梯子是有用的，但是没有意义。"

这是一个从未有过的世界。它是真实的吗？当然。想想那最后的那大火吧，它把一切都毁了，可是又让你觉得前面的一切都无比真实。你合上书，这就是一个刚刚关闭的世界，但它存在。将来某一天，你再次打开它，它仍是个充满欲望与死亡的崭新世界。驱动那些线索运转起来的能量，就来自那些人物的强烈欲望。求知的，本能的，权力的……这些欲望有时并行，有时交错，在充满偶然的矛盾变数中，他们将各自的命运推向极致。

对于狂热的求知欲来说，无论上帝还是魔鬼，都能在书籍中保存令人震惊的力量。为延续知识和思想而存在的书籍，也能构成令人迷失自我甚至走向疯狂的迷宫。而年轻的见习修士阿德索在第四天晚上与那个乡村姑娘的意外遭遇中所爆发的激情，则揭示了生命与爱欲、宗教精神在突然而又朦胧的震惊中混为一体，就像迷雾中迸发出的一缕霞光，成了整个小说结构中最鲜明的穿顶图景。欲望作为人的最基本的能量，它是邪恶的，也是圣洁的，是存在与延续的根源，是创造的力量，也是毁灭的力量……从这个意义说，或许"玫瑰的名字"，就是欲望与死亡，它会像玫瑰一样，可以美丽绽放，也会黯然凋落、没入尘埃。

荒凉的发现与对死亡的着魔

——关于胡安·鲁尔福的《佩德罗·巴拉莫》和
《燃烧的原野》

　　如果没有认真读过胡安·鲁尔福的作品，就很难理解为什么马尔克斯会在回忆鲁尔福时会这样写道："我能够背诵《佩德罗·巴拉莫》全书，且能倒背，不出大错，并且我还能说出每个故事在我读的那本书的哪一页上，没有一个人物的任何特点我不熟悉。"①

　　那是 1962 年，在写作上"进了一条死胡同"的马尔克斯，终于在墨西哥找到了自己的解放者。当时还鲜为人知的胡安·鲁尔福的两本薄薄的小说，给已出了几本书的马尔克斯所带来的震撼，比他当年初读卡夫卡时还要强烈。胡安·鲁尔福让他开了窍，面对与自己血脉相连的土地与人、记忆与想象，终于明白自己作为一个拉美

---

　　① ［哥伦比亚］加西亚·马尔克斯：《两百处的孤独：加西亚·马尔克斯谈创作》，158 页，昆明，云南人民出版社，1997。

作家完全可以更自由地写作。胡安·鲁尔福就如同一位神秘的先知的引领者，给了他一把开启枷锁的朴素而神奇的钥匙。

就像碎片状态的《旧约》故事，在胡安·鲁尔福的笔下，那些最微不足道的普通人与其命运、他们的声音与呼吸，带着最本质的味道，如同云雾般弥散漂浮在墨西哥那冷漠的天地之间。那些人仿佛被禁锢在地狱门外，除了绝望的困苦生活、随时可能降临的死亡，以及茫然的挣扎之外，他们的生活中就再也没有别的主题。要么麻木地面对贫困苦难，要么堕落下去，甚至自相残杀，不管他们抓住什么东西，都不会带来拯救的希望，最终所有的一切只会被他们带入地狱。如果说在《燃烧的原野》里，还只是在呈现死亡的阴影始终在追随着他们留下的苦难轨迹，那么在《佩德罗·巴拉莫》里，这一切终于抵达了极致状态——死亡瓦解了绝望与苦难的世界，但是鬼魂们却留在了荒凉的村庄里，继续着他们的孤寂生活。

时间之线在《佩德罗·巴拉莫》的世界里彻底消解了。那些人物，那些鬼魂，就像透明体，就像影子般的存在，他们没有面孔，只有声息和不完整的零乱记忆……不管你以什么方式去追寻他们，都不会有多少连贯有逻辑的线索，因为他们早已不在时间里了。原本串于其上的那些生者与死者，那些既像实有又似梦幻的故事片段再也没有任何羁绊，获得了仿佛可以永恒的自由，无论是过去的，现在的，还是未来的，都变得可以随意来去、随时遭遇、彼此交融了。

在一个被生者抛弃的死去的村庄里，人世与地狱的界限消失了，死者的灵魂们过着另外一种生活，再也没有苦难的折磨，没有死亡的频繁降临，就如同永生一般。或许也正因如此，《佩德罗·巴拉莫》才会像马尔克斯所说的那样，"是一部不折不扣的诗"，或者说是在纯粹的意义上抵达了诗的境界。它所带来的启示，已远远超出了写作技艺的层面。而对于胡安·鲁尔福而言，它也确实就是一个很难再超越的极致之作。当我们像马尔克斯那样为这部杰作赞叹不已的时候，难免会这样想：写出了这样的作品，哪怕之后他永远都不再写了，又有什么可遗憾的？

马尔克斯的朋友，一位墨西哥作家曾在仔细研究后试着把《佩德罗·帕拉莫》按照正常时间顺序重新组合段落，却发现这样一来，整个小说就变得平淡无奇了。这个尝试确实是耐人寻味的。怎么可能会有摆脱了时间而发生的故事呢？但马尔克斯一定会明白，正因为消解了时间，那些与生命相关的记忆与想象才会在空间里获得恒久的自由，它们可以随时随地地浮现和隐没，可以有形，也可以无形，只是声音、气息，或只有沉默。尽管在阅读的过程中你仍旧能够感觉到那些鬼魂的能量其实也在逐渐消解着，但这又有什么呢，谁又知道能量的终点在哪里？他们始终都会在那里。

对于胡安·鲁尔福来说，他在《回忆与怀念》①一文中提到："生命的问题是时间。我认为，生命并非是按照时间顺序前进的过程，我们的生活是分为片断的。有些时刻，有些日子，是空白。生活不是奇妙的，但它充满了奇妙的事情。生活不是完整的，而是化分为片断；它充满了事件，但不是一个事件。我们不是生活在一个连续

---

① 本文所使用《回忆与怀念》中的文字均出自林贤治：《文化随笔：精神游牧者的世界》，广州，花城出版社，2012。

不断的过程中。有时过若干年也没有发生任何事情。当进行描述的时候，仅仅叙述事实；当没有发生什么事情时，就保持沉默，就像生活中那样。只需保留着某些时代，一种永恒的时间，一种永恒的现在。《佩德罗·帕拉莫》就是一部充满沉默的小说，只有那些事实得到了叙述。我竭力不要离题，不讲哲理，所以才有那些悬空的头绪和空白，读者可以去填补，可以按照自己的意愿去解释。我很希望有许多种解释。没有任何观点的人倒是我自己。"这段话，可以视为关于小说写作的"圣经"式段落。

如果说在《佩德罗·巴拉莫》里，胡安·鲁尔福用鬼魂与死去的村庄一起构建起一个超限度的叙事空间，那么在小说集《燃烧的原野》里，他所做的一切则可以看作为此而做的准备。那 19 篇小说，多数都是以与死亡有关的事件为题材的，那些被无尽的苦难慢慢或突然吞噬的普通人，基本上都在承受着各自的末日时段，描述那些触目惊心进程的每个字似乎都透露着死亡的寒意。

除了《求他们别杀我》和《地震的那天》偏弱一些之外，其他各篇都近乎完美。胡安·鲁尔福以其特有的朴素方式直接抵达了罕有的艺术高度。他把沉默的力量运用到了极致，并借此使得对话这样一种古老的手段在完成叙事空间的重构过程中发挥令人吃惊的效力。他说："我想直截了当地讲，一针见血地讲。"他仿佛从第一个字开始就站在了世界最深处，与那些人物的灵魂待在了一起，绝不附加给他们任何多余的东西，共同直面充满了苦难与死亡的世界。面对这样的作品，你甚至会觉得根本不需要再去谈论具体的技巧或者语言问题，作为读者你要做的，只有默默地倾听。

"我只是想摆脱一种巨大的忧虑。因为写作是一件真正痛苦的事情。"多年以后，胡安·鲁尔福在回忆《佩德罗·帕拉莫》时这样写道。这种"巨大的忧虑"源自他对荒凉的发现，在那个名叫图斯卡库埃斯科的村子，或是别的村子里（那样的村落其实在中国也有很多，人们都到外地到城市里打工去了，只留下老人和孩子以及荒凉的土地）；也源自他的"对死亡的着魔"。

　　从4岁到12岁，他经历了一连串的死亡事件：祖父去世了，父亲被人谋杀了，然后不久妈妈也死了，还有两位叔叔也被匪帮杀害，另一位叔叔则溺水身亡……也就是在这样浓重的死亡阴影所覆盖的孤独绝望状态里，他开始了写作，为了自己，也为了那些荒凉原野里游荡的灵魂。终其一生，他只留下这么两部小说。当它们产生广泛影响的时候，他这个作者却已消隐在人们的视野之外，就像传说中的秘密先知所做的那样，留在了属于他自己的世界里。他已做了自己所能做的一切，并因此而不朽。马尔克斯说的没错，虽然"他的作品不过三百页，但是它几乎和我们所知道的索福克勒斯的作品一样浩瀚，我相信也会一样经久不衰"。

回想中的博尔赫斯小说[①]

　　为了回想起这个名字给我留下的最初印象，或许先需要我尽可能回到当时自己的那种状态里，也就是回想起 1988 年 11 月 27 日，那个初冬的下午，还在技术工人学校读书的 17 岁的我，在和平路那家新华书店里买书的场景。天气并不算很冷，但要是没戴手套就骑自行车的话又足以冻僵你的手，这样进入那幢日式建筑里就会被那种温暖宁静的感觉所触动，而在外面看并没什么特别的日光透过大窗户玻璃照到红漆地板上时就显得非常的奢华……在记忆里，书店里是没有其他人的，售货员不超过两位，这让我觉得有些不真实，我确信自己的记忆一定是逐渐删除了一些东西，以便使这个场景显得更为纯粹和神秘。翻开当时的日记，想不到里面记载的竟是

　　① 　本文所使用《博尔赫斯短篇小说集》中的文字均出自［阿根廷］豪·路·博尔赫斯：《博尔赫斯短篇小说集》，上海，上海译文出版社，1983。

那么一句莫名其妙的话，"时间漫长"。对于回忆来说，这个有些夸张的短句毫无帮助，但夹在后面的发票里，我发现了另外一些重要的信息，那就是当天我买了哪些书，其中一本就是《博尔赫斯短篇小说集》，上海译文出版社 1983 年 6 月初版，王央乐译，印数为 27 000 册，定价为 1.2 元。

我能清楚地想起当时面对最后这本奇怪的书时的犹疑：这是一个从来不知道的作家的名字，封面图案看起来非常简单，下面是四个黑色的圆形两两相交构成了一个结构均衡的图形，交叉部分以及中间的空白棱形组成了漂亮的星形花瓣，而在中间空白里还有一个小黑圈，这算是一个小背景了，在它上面，有一个圆圈经过了四个圆的中心点，白色的圆圈，在右下的那个黑圆圈里有个很小的白色圆圈，而在左上的那个黑圆圈里则对应了一个是右下小白圆圈一倍的白圆圈，这样，在左下部分又有一个继续增加了一倍的白圆圈，在右上部分也对应了一个……一共六个白色圆圈，它们成倍地增长，最大的就是那个圆周穿过四个黑圆圈中心的，这肯定是个几何题图案，当时我肯定觉得它是很怪异的，而且我想不明白它跟小说有什么关系。翻过两页深灰色的衬页，就看到了内封，它的右上侧有作者的黑白照片，印刷得不大清楚，使晚年的博尔赫斯看上去有点像我们人类的祖先，或者说像个性情古怪而又衰老的巫术师，他手里拿着一根手杖（据译者说他一直向往东方和中国，还在唐人街里买过小东西，其中就包括一根手杖），或者是一根布绳（这个猜测就有点无法理解了），面部的皮肉明显有些松弛了，略微侧着头，眼神迷离地注视着镜头。

阿根廷，对于 1988 年的我来说，实在是一个过于遥远的国度，靠近了南极，得过足球世界杯冠军，家门口的马尔维纳斯群岛被英国人硬抢了去，潘帕斯草原，它也会产生了不起的小说家么？真正优秀的小说家只能在俄罗斯、法国、美国和英国才会有吧。那时我翻看了几页里面的文字，给我的印象跟封面上的那些交叉着的黑白圆圈差不多，实在不知道这个老家伙在写些什么、想要写些什么。我买下它，只是因为它看上去确实非常简练干净，而且只要一元两角。那时或许我想过，我可能永远也不会真正去读它一次。

要知道，那时我还没有很多书，在那个书架里，很容易就能看到《博尔赫斯短篇小说集》的黄色书脊，中间还有一条短促的蓝色横道。有时候，我会在睡不着的午夜忽然抽出它来，随便翻开看上两页，然后再去看译者前言，似乎只有如此才不至于陷入令人不安的不懂，更为清楚的只是他的生平。

博尔赫斯于 1899 年 8 月 24 日生于布宜诺斯艾利斯；他的父亲是一位律师，出身于一个古老的军人家庭，爱好文学，写过小说；他的母亲有英国血统。他从小受的家庭教育使他对英、美文学发生很大兴趣，喜爱史蒂文生，威尔斯，切斯特顿，爱伦·坡等作家。第一次世界大战期间，先后在英国的剑桥、瑞士的日内瓦受教育。大战结束后，在欧洲各国游历，并在西班牙住了一个时期。1920 年起开始写诗，与当时欧洲的先锋派文学发生共鸣，参加了西班牙的'极端主义'派诗人的行列。1921 年回到布宜诺斯艾利斯，在该市的几个公共图书馆任职，同时从事写作，讲学，编辑期刊等活动。1923 年出版第一本诗集《布宜诺斯艾利斯的热情》。接着又出版了两本诗集：《面前的月亮》(1925 年)和《圣马丁的手册》(1929 年)。其后主要从事短篇小说创作。第一本短篇小说集《世界性的丑闻》于 1935 年出版。1941 年出版的第二本短篇小说集《交叉小径的花园》，显示了他的独特的风格，开始引起拉了美洲文学界的重视。1944 年，这本短篇集又与另一本短篇集《手工艺品》合并出版，书名《虚构集》，成为他的主要作品之一。其后，他又连续发表了四本短篇小说集：《阿莱夫》(1949 年)，《死亡和罗盘》(1951 年)，《布罗迪的报告》(1970 年)，《沙之书》(1975 年)，以及散文诗歌合集《造物主》(1960 年)，诗集《老虎的黄金》(1972 年)，《深沉的玫瑰》(1975 年)。此外，他还写有大量的小品文和文学评论文章。目前，他虽然已经超过八十高龄，而且丧失视力，但是仍然在继续从事创作。博尔赫斯终身从事图书馆工作，历任布宜诺斯艾利斯各公共图书馆的职员和馆长，是一位坚决反对独裁政治的资产阶级民主主义者。1946 至 1955 年庇隆执政期间，他因为在反对庇隆的宣言上签名，被革去市立图书馆馆长的职务，被迫当了市场家禽检查员。庇隆下台后，他被任命为阿根廷国立图书馆馆长。同时，还兼任过布宜诺斯艾利斯大学的教授；六十年代，曾到美国的得克萨斯大学、哈佛大学等学校讲学。现在已经退休。

极端主义，宇宙主义，魔幻现实主义，幻想文学，卡夫卡式的幻想主义……这些名词对于当时的我来说，实在是不知所云。即使现在，我也仍旧不大明白这些词对于理解博尔赫斯有什么意义。我先后几次试图进入博尔赫斯的世界，但都失败了，连门都找不到。第一次是《特隆，乌克巴尔，奥尔比斯·忒乌斯》，这个名字让我想起了某些类似于佛教里的梵文咒语，而那种与百科全书相关的写法让我眩晕不已。第二次是《圆形废墟》，我觉得他写的是个精神病患者，这让我有些厌烦。第三次是《〈吉诃德〉的作者彼埃尔·梅纳德》，我不知道他为什么要罗列那些无用的作品，而梅纳德抄下那么一段塞万提斯的谈及历史的文字根本就是一种没意思的把戏。最后一次，是《沙之书》，这篇不长的与《圣经》有关的文字让我非常失望，我不知道他想表达什么，他太喜欢臆想了，没有对我产生任何触动，不能让我感动。如果要我概括当时的感觉的话，那就是故弄玄虚。

在当时我的阅读经验里，感动是最重要的评判因素。我宁愿沉浸在巴金的爱情小说里，并对欧·亨利的短篇佩服不已，然后，我又没头没脑地泡在了司汤达、巴尔扎克、高尔基、肖洛霍夫的长篇里。直到1993年的冬天，我才遇到海明威的小说。当我从《大双心河》所带来的震撼里醒过来时，已是1994年的岁尾了。那个弥漫节日气氛的寒冷下午，我冒着大雪从新华书店里空手回到那间狭长的房间里，光线已暗淡，不得不打开台灯，然后把书架里的一些书翻出来，但是它们引不起我的兴趣。很偶然的，在它们的后面，它又浮现了。这一次，是《南方》。

1871 年乘船来到布宜诺斯艾利斯的那个人，名叫约翰尼斯·达尔曼。这个人是福音会牧师。1939 年，他的一个孙子，名叫胡安·达尔曼，是科尔多巴街一家市立图书馆的职员；他已经深刻地感觉到自己是一个阿根廷人了。

他的名字，似乎也是所有外国人名中最孤独的一个。他还是个牧师。如果不是为传道，或逃亡，他怎么可能跑到这么遥远的地方？而提到他的孙子时，已是六十八年后的事了。这样漫长的时间，难道不就是种种不可思议的故事得以发生的最好土壤么？毫无疑问的，他的孤独，是对祖父那种孤独的更深一层的延续。如果说他祖父在异乡的芸芸众生里传经布道的孤独因宗教精神而显得神秘庄严，那么长年生活在书籍世界里的他，胡安·达尔曼的孤独则是无边无际的、无所依托的。他之所以会深刻地觉得自己已是个阿根廷人，不过是为了使自己的生活有个说得过去的支撑点，以缓解或掩饰曾有过的那种无所归属的感觉。

解决孤独的最好办法似乎就是走向具体，而不是沉陷于抽象之中，他祖父选择了越过重洋到布宜诺斯艾利斯布道，而他，则在一种朦胧的浪漫情愫与败血症痛苦的双重促动下选择了外祖父留下的南方荒野里的庄园，诱惑他的，不过是那里芬芳的桉树、玫瑰色的宽敞住宅（它一度是鲜红色的）。事实上，现实中的孤独无论有多深重，也只是与死亡邻近而已，可是过去的孤独，则是与死亡同在的。他用行动，验证了这个道理。那本魏尔版的《一千零一夜》意外地带给他败血症，让他在地狱的边上转了一圈又回来了，而现实中庄园之梦驱使之下的南方之旅，则将他带到了死亡面前。解决孤独的最有效的方式不是别的，只有死亡本身。当然，死亡总是意外的。或许有可能产生奇妙感觉的，只能是通往死亡的过程，可以是公交车，安静得就像院子似的宪法广场，那些街角、广告牌子、属于新的一天的黄澄澄的天光、巴西街酒吧里的那只诡异而安静的大猫、空荡荡的列车、原野……它们是朴素的，而对这种朴素的发现，难道不是因为死亡的切近吗？在故事终结的时候，你仍旧可以把后面旅行部分看作败血症患者达尔曼在病痛中臆想的过程，而实际上什么也没有发生，他可能病愈后仍旧会回到图书馆里面对那些没有边际的书籍，不过从本质上说，这个结果跟臆想的结果并没有什么区别，孤独就像那把别人塞给他的匕首，真正被他意识到的时候，总归会带来意外的结局。

现在看来，这篇明显带有作者个人生活影子的小说尽管优秀，但并不是博尔赫斯最好的作品，它生发于博尔赫斯日常生活的某个瞬间印象，是对远离尘嚣的浪漫庄园情结的一次简洁消解。而之前每每与人提及博尔赫斯时，我之所以总是忍不住提到这个小说，其实只是因为它是使我得以进入博尔赫斯世界的一道及时出现的门，它就像布宜诺斯艾利斯郊区的那个里瓦达维亚一样，可以开启一个古老而实在的世界。

对于眼下这个真正的书籍被广泛而持续地淹没的年代，忘却已成为普遍的习惯，从这个意义上说，博尔赫斯更像是一个古典的作家，一个精通巫术的老人，他随手捏出点典故传闻，就可以炼制出神妙的致幻剂，剂量总不很大，但已足够让有耐心深入其中的人忘乎所以、如入迷宫之中。"世界是一团混乱，时间是循环交叉的，空间是同时并存的，充满着无穷无尽的偶然性和可能性。人生活在世界上，就像走进了迷宫，既丧失了目的，也找不到出路。"王央乐在译者前言里这样概括了博尔赫斯小说的中心思想，似乎也是西方评论界的通常定论。实际上，迷宫的意义也就是对所谓的"目的"与"出路"的消解。充满偶然性的过程与意想不到的结果，使叙事的趣味与变化获得了意想不到的自由与近乎无限丰富的可能。

"博尔赫斯爱读贝克莱、休谟、叔本华的著作，他的这种思想可能就是不可知论、宿命论和唯我主义的混合物。所以他对梦和现实，对生和死亡，往往没有明确的界限和区别。"这样的说法似乎很确定地为我们还原了博尔赫斯思想来源，但这种说法也轻易就停在了普通知识层面上，因为博尔赫斯从没想过要成为思想家，他更愿意做个手工艺人，喜欢制作那些形象简练而又神秘小巧的东西，他关注并迷恋的是偶然性，他从前人结束工作的地方发现了新的线头以及诸多不确定的神秘因素，然后以自己的方式重新编织起新的物件。

在《特隆，乌克巴尔，奥尔比斯·忒蒂乌斯》里，"我靠着一面镜子和一部百科全书两者加在一起，发现了乌克巴尔。"他似乎想要通过这个小说来折射自己的魔法的秘密。"这部小说……其叙述者要省略或者歪曲许多事件，引起各种各样的矛盾，使少数的几个读者——极少数的读者——能够从中预见到一个残酷而平庸的现实。"在特隆星球的国家里，"都是——天生都是——理想主义者。……他们并不认为空间持续地存在于时间之中。地平线上一团烟雾的观念，原野着火的观念，一支没有熄灭因而引起火灾的雪茄的观念，被认为是思想互相联系的一个例子。……特隆的形而上学家，不探求真理，也不探求近似的真理；他们只探求大吃一惊。他们认为形而上学是幻想文学的一个分支……他们的理论是：现在是不确定的，将来并不现实，不过是现在的希望；过去也并不现实，不过是现在的记忆。另一个学派声称：'全部的时间'已经过去，我们的生命仅仅是一个无可挽回的过程的模糊记忆或者反映，所以无疑是虚假的，而且是残缺的。"

午夜里，一小簇平淡灯光及周围的暗影对于阅读博尔赫斯的小说是适宜的。这微不足道的光斑既是宁静的点，也是漂浮不定的移动的点，这缓慢的移动过程足以消解历史、现实、幻想之间的差异所造成的殊离感，取而代之的是另外一种不确定方向的随时生发的纵深状态。从这个意义上说，布宜诺斯艾利斯的街角与中国东北这个工业城市里的某个角落并无本质的区别。"人的移动，改变了他周围事物的形状。"角度的变化，直接影响了人对事物的看法的形成。博尔赫斯的这本小说集让我对房间里的其他书籍产生了意想不到的兴趣。

当你把这本小说集与海明威的小说集放在一起，甚至与《易经》《左传》这样的书放在一起时，会发现很有趣的现象，重要的不是它与它们的差异，而是它的存在使得其他书籍之间的差异显得不那么界限分明，通过它这面奇妙的镜子的折射，它们焕发出另外的活力，同时也是模糊，使你意识到这些貌似稳定的叙事模式中至关重要的恰恰是那些不稳定的微妙因素，而捕捉到它们则需要高超的魔法般技艺。

那天晚上，我的朋友 G 在离开之前有些抑郁地告诉我，这个阿根廷老头子，他的文字，能让某些人暴露出自己疯狂的本质。两个多小时之前，他在窗外跟我打招呼的时候，天已经黑透了，楼上的灯光投射到他后面的仓房屋顶上，而他的眼镜金属框上也被一缕金黄的光线映亮，我到窗前回应他的招呼时，发现他的额头上有很多汗，这似乎不大像冬天里的事，后来才知道，他是走了一个多小时的路才来到这里的。他只读过《南方》，并从此再不想看博尔赫斯的作品，甚至不想为此找到合适的理由，不想与我发生任何辩论，在我有意提及的时候，他也是近乎高傲地保持沉默。后来他告诉我，其实他认为博尔赫斯的诗更接近于完美，但我的观点恰恰相反，我无法忍受那些诗的做作。为此他与我发生了前所未有的激烈争吵。为了辩论的有效，我把战火引到了《战争与和平》甚至还有《红楼梦》那里，用两种截然相反的方式证明它们各自的伟大与平庸之处，从而来反证他对博尔赫斯作品的偏执爱好和某种无知。这种诡辩式的争论使我获得了胜利，也伤了他的心。我们在很长时间里不再说什么了，他只是坐着，近乎寂静地坐着，抽着烟，喝着那只玻璃晾水杯里的白开水。午夜零时过后，他不声不响地离开了。而我则拿起那本小说集，翻到《交叉小径的花园》，慢慢地读下去。这时候，中断了半天之久的暖气恢复供应了，细小的水流声从银白的铁管子里清晰地传出，那种老式的暖气片里的水正在慢慢蓄满。

在欧洲战史里的某个被忽略了的空白点上切入，博尔赫斯让一个名为俞琛的中国博士成为德国的间谍，为了在最后的时间里把有可能决定一场战役胜负的地名传达给上级，他在被马登上尉追捕的过程中来到了英国的阿希格罗夫郊外的一个古怪的庄园里，找到了那个名字与他试图传达出去的地名相同的人——史蒂芬·阿尔贝，结果却发现此人正是研究中国文学的学者，他所研究的那个名叫崔朋的人竟然是俞琛的祖辈，他的研究是相当深入的，几乎揭开了崔朋的写作与哲学的根本秘密，然而这个意外的发现，并不能改变俞琛作为一个间谍来此地的初衷，他不得不赶在马登上尉出现之前开枪结束了这个令他茅塞顿开的学者史蒂芬·阿尔贝的生命。

在这个故事里，偶然性的能量获得了极大的释放。一个为德国服务的中国间谍在不得已的选择中竟然发现了关于自己祖先的秘密，而对于寂寞中长久地研究崔朋的文学与哲学的阿尔贝来说，崔朋后人的意外出现，竟然是与死亡同在的。"察见渊鱼者不祥"，知道秘密的人似乎注定是不走运的，阿尔贝也好，俞琛博士也好，都是如此，他们一静一动，在某个交叉点突然相遇，然后又以更为意想不到的方式结束了这个短促而奇妙的过程。有意思的是，这样的一个结局竟没有任何血腥的刺杀与死亡的气息，相反却隐含着一缕温馨而宁静的味道。阿尔贝把自己苦心研究的崔朋的秘密告诉了崔朋的后人，以及俞琛博士枪杀阿尔贝，在最后时刻把一个至关重要的地名传达给上级，随后自己也面对绞刑的结局，二者的共同之处在于都在临终前实现了自己的意愿，然而他们所做的一切，其实不管放在整个历史中还是置于历史之外，都是微不足道的，秘密最终只属于他们自己，而不是别人。小说里对时间的谈论是令人难忘的：

"您的祖先跟牛顿和叔本华不同，他不相信时间的一致，时间的绝对。他相信时间的无限连续，相信正在扩展着、正在变化着的分散、集中、平行的时间的网。这张时间的网，它的网线互相接近，交叉，隔断，或者几个世纪各不相干，包含了一切的可能性。我们并不存在于这种时间的大多数里；在某一些里，您存在，而我不存在；在另一些里，我存在，而您不存在；在再一些里，您我都存在。在这一个时间里，我得到了一个好机缘，所以您来到了我的这所房子；在另一个时间里，您走过花园，会发现我死了；在再一个时间里，我说了同样这些话，然而我却是个错误，是个幽魂。"

"时间是永远交叉着的，直到无可数计的将来。在其中的一个交叉里，我是您的敌人。"

与《交叉小径的花园》有着异曲同工之妙的另外一篇杰作，是《瓜亚基尔》，二者相隔二十四年。在这个小说里，为了获得"秘鲁的保护者"圣马丁将军珍贵信件的研究权，"我"不得不与可能来自布拉格的齐茂曼教授会面，而在齐茂曼教授奇怪的论调加虚伪的吹捧之下，"我"竟然鬼使神差地在齐茂曼事先备好的放弃研究圣马丁将军信件权利的声明上签下了自己的名字，长久地陷入莫名沮丧的状态里。而真正有意思的，是在这个会面的过程中，他们谈论的是解放者玻利瓦尔将军与圣马丁将军的那次谜一般的会面，也正是那次会晤之后，圣马丁将军突然辞职隐退了。这里面的影射是显而易见的。在这个小说里，博尔赫斯显然无意去揭开那个特定历史事件的谜底，因为他很清楚，除了当事人以外，没人知道谜底。历史是充满偶然的，"神秘是在于我们本身"，齐茂曼博士说得虽有些夸张，但也有其合理性，"而并不在于语言"。既然被视为学术权威的"我"可以莫名其妙地被心机极深的齐茂曼博士轻易说服，并放弃研究圣马丁将军信件的权利，那圣马丁将军在那次秘密会晤中被玻利瓦尔说服并辞职隐退就没什么可惊讶的了。人的神秘个性使得政治的角斗显得复杂难料，胜利者描述的总归是历史的必然性，而埋藏在历史事件深处的偶然性却被人们忽略了。在偶然的交叉重叠的过程中，博尔赫斯就像一个中国古典园林设计师那样，在曲折叙述中巧妙而隐秘地使用着对称的技巧。写到这里，我立即就重新想到这本小说集的封面几何图案，那些黑与白对称并且交织在一起的大小不一的圆圈，这个当初令我迷惑不解的几何图案既简洁又复杂地呈现在那里，难道不就是对博尔赫斯叙事艺术的最佳图解么？

1996年11月，由海南新闻出版中心出版的三卷本《博尔赫斯文集》的封面，是三幅博尔赫斯的颇为绅士的正装照片：一个正面，一个侧面，一个是端着咖啡杯的悠然自得的半身坐姿。考究的西装、白衬衫跟领带衬托下的，是另外一个博尔赫斯，一个贵族气息颇重的文学大师，他背后应该是众多的崇拜者与文学界知名人士，在美国的大学里，或者在欧洲，讲学的间隙，或者刚刚领取了"国际出版奖"（与贝克特分享）。而与之相对的，那个年迈巫师般的黑白对比极强的神秘气息十足的形象，则显得无比遥远。这恰好可以说明确实存在着两个博尔赫斯，一个生活在现代，享受着文学大师的荣誉与广泛的赞赏，另一个生活在古代，沉浸在时间交叉空间重叠的绵延无际的孤独之中。

博尔赫斯是个清楚地知道自己能做什么的作家，在他那里，叙事的趣味取代了其他野心，他从不会去奢求自己能像他所崇敬的那些大师们一样不朽。对于自己的位置，他就像对待缓慢到来的失明一样坦然。他应该很清楚自己的局限。而且，正像马尔克斯所说的那样，跟海明威不同，博尔赫斯从不试图突破自己的局限。也正因如此，当纳博科夫这样的重量级同行有些不屑地称他为小品文作者时，对于他的成就丝毫无损，相反，只能有利于化解外界庸众的盲目解读与模仿所造成的毒害。

称博尔赫斯为"作家的作家"是有道理的，他的叙事艺术的奇妙并不适宜于普通读者轻松享用，他们会感到失望和沮丧，会觉得这个人"把人的生活写得毫无价值"，而他的那些貌似哲理的东西看起来又常常是"自相矛盾的"。对于自己为什么写作，他是早已想得很清楚了，同时也足以启发其他的写作者以此自勉在1975年出版的《沙云书》的前言里，他这样写道："我并非是为了少数精选的读者而写作的，这种人对我毫无意义。我也并非是为了那个谄媚的柏拉图式的整体，它被称为'群众'。我并不相信这两种抽象的东西，它们只被煽动家们所喜欢。我写作，是为了我自己和我的朋友们；我写作，是为了让光阴的流逝使我安心。"

最后，我很想用博尔赫斯在《无可奈何的奇迹》里对那些神奇的蓝色石片的描述来形容他的文字，我觉得这再恰当不过了：

　　"小石片就像轮盘赌的秘密图形一样，没法找到它的数序。它的总数最多时，达到四一九；最少时，是三。有一个时候，我期待着，或者说我害怕小石片会消失。稍稍经过试验，我证实，一片石片如果与其他石片隔离，就不可能增殖或者消失。当然，加、减、乘、除这四种计算方法都没法用得上；小石片蔑视数学和概率性的计算。四十片小石片可能被除，得商数九；九又被除，却可能得三百。我也不知道小石片有多重。我没有天平，但是我可以确定，它的份量始终如一，而且很轻；它的颜色也始终是那种蓝色。"

特鲁希略时代的"人间喜剧"

——评马里奥·巴尔加斯·略萨的《公羊的节日》

 20 世纪的拉丁美洲,除了涌现过一批"爆炸文学"的优秀作家如马尔克斯、卡彭铁尔、富恩特斯、略萨等人以外,还出过一批臭名昭著的军事独裁者,如庇隆、杜瓦利埃、皮诺切特、特鲁希略等。这两类人似乎构成了 20 世纪拉美文化的两个极端。那些独裁者如此频繁地出现在拉美国家里,本身就是个很耐人寻味的现象。很多著名拉美作家都曾涉猎过这个题材。眼下这本《公羊的节日》,是马里奥·巴尔加斯·略萨搁笔二十年后重新出手之作,他把目光对准了多米尼加的那位著名独裁者特鲁希略。

 这部小说是从一个名字——乌拉尼娅开始的。她是特鲁希略"大元帅"手下重臣和忠诚的追随者阿古斯丁·卡布拉尔的女儿。小说里的时间从她重返多米尼加那一刻开始,也从那时倒转。随后我们就进入了那个特鲁希略时代的最后阶段。乌拉尼娅已不再是三十五年前的那个漂亮少女了，她也不再像以前那么恨那么厌恶她那位已是个废人的父亲了。但是她的怒火从未熄灭过，正如她内心深处的痛从未消解过。三十五年前，她侥幸地逃离了即将发生剧烈动荡的多米尼加，现在她则试图在面目全非的祖国首都找到可以让灵魂恢复安宁的可能。她见到了那些生活在灾难后残余困境中的亲戚们，告诉了他们自己出走的真相，在小说的最后一章里，她说出了那个令她痛苦终生的事件：失宠的父亲在绝望中将女儿拱手献给了元首特鲁希略，而关键时刻忽然阳痿的特鲁希略恼羞成怒地用手指强奸了处女乌拉尼娅。当然最后她似乎在亲情中找到了那种安顿灵魂的可能，在她决心一定要给那位在临别时紧紧地拥抱她的外甥女玛丽亚内拉写回信的时候。

小说的另一条线索，是刺杀特鲁希略事件，从特鲁希略"被一种大祸临头的感觉惊醒"开始。这是他人生的最后时段。他在回忆自己那因为章法而成功的人生时，还不得不面对阳痿、小便失禁等尴尬情况。它们比他早一步感受到了死亡的力量。尽管他向来就有惊人的恢复体力的能力，可这次他知道自己不大可能恢复那代表男人的东西的活力了。随后出现的，就是那几位军官正在异常焦虑地等待着伏击特鲁希略的场景，这是整个小说里的时间中最为漫长的时段。萨尔瓦多、阿玛迪多、安东尼奥·英贝特、加西亚·盖莱罗……他们艰难地等待着特鲁希略的那辆雪弗莱专车的出现。间接参与这次刺杀活动的远不止他们几个，还有美国大使馆、中情局、多米尼加的高层领导，包括国防部长和一些掌握重兵的将军们。刺杀成功了。与整个期待过程相比，这个发生在小说中间部分的事件显得太过容易。随之而来的后果，就是死亡的不断降临。参与刺杀行动的人多数都成了牺牲品，他们被同谋的高层人士出卖了。死得最惨的是那位在刺杀成功后忽然犹豫不决的国防部长罗曼将军，他没有按计划让军队接管政府，错过了掌控局面的最佳时机，成了阶下囚，最后被特鲁希略分子们残忍地折磨了很久，被割了睾丸，自己吃下，然后再被处死。

最为出人意料的是，这次事件的最大受益者，不是别人，正是那位被特鲁希略称为"垃圾"的傀儡总统兼诗人——华金·巴拉格尔，事实证明，他才是整个特鲁希略时代最聪明的城府最深的政治家。在经过短暂的流亡生活之后，这位特鲁希略阵营中的骨干分子，这位曾令特鲁希略惊讶不已的没有任何恶习、没有罗曼史也没有丑闻的怪人，成为多米尼加民选总统，并在联合国发表了多米尼加民主时代开始的宣言，他总共当了七任总统，活到 96 岁。他在后人眼中在某种意义上仍旧是一个独裁者，其标志性名言是"宪法不过是一纸空文"。

对拉美人民来说，独裁者时代似乎早已一去不复返。像特鲁希略这样的独裁者曾干过的那些令人发指的恶行，以及诸多个人崇拜的丑陋行径，好像已变成了传说。在多米尼加经济不景气时，人们甚至开始怀念没有外债和福利不错的特鲁希略时代。只关注眼前现实利益的人们似乎总是有着无底线的健忘与天真。从这个意义上说，任何独裁的时代总归是由独裁者与其盲从人民共同创造出来的。或许正是这样一种古怪得有些自相矛盾的现象，促使略萨拿起笔来，用小说去重新构建出特鲁希略独裁时代的那场惊心动魄的历史情境。当然略萨并非只是想让人们通过重温那段历史反省那种造就独裁现象的环境温床，他更关注的还是人在特殊的历史环境中的遭遇与被逐渐扭曲的那种悲剧性。

略萨对这种题材的把控能力是惊人的。从小说的整体气质上讲，这部《公羊的节日》既能让人很容易就联想到巴尔扎克的力量感，也能让人感觉到福克纳的复杂多变的味道。略萨的小说观念与手段都是非常现代的，在这部厚重的小说中，他既没有被历史的情节所拘束，也没有过度沉湎于那种现代小说文体的探索，从始至终，他都高度清醒地掌控着小说的进程，无论是在结构布局上还是节奏把握上，都展现出炉火纯青的功力与技艺，几乎没有留下任何芜杂之笔，整部小说在一种不断闪回推进的过程中一直保持着足够强度的张力。

《公羊的节日》在结构上像个洋葱头，切开它就会发现，从外到内是一层层包裹着的，也是一层层展开的，而时间又是按不同线索被有意错位布置的，顺叙中多有倒叙，倒叙中仍藏着倒叙，为此略萨大量运用了类似于电影中的闪回的手法，让不同时段里的场景与事件非常自然地重叠交错在同一个叙事空间里，产生了非常特别的纷繁错综的效果。或许是为了突现历史现场感以及结构的严密性，在这部小说中作者给人的感觉是全知全能的，但与 19 世纪的那种全知全能式的方式最明显的不同之处在于，略萨的全知全能更像是一个无形无影的幽灵，它徘徊在那个特鲁希略时代的很多瞬间里，体验着观察着种种事件，以及人的内心世界，有时候会突然浮现在人物的意识流动过程中，冷静地揭示出被人物自己的潜意识有意隐藏的那些想法与意念。而这种幽灵的叙述感觉又给整部小说带来某种神秘意味，它与其说像来自作者的声音，不如说更像是冥冥中某种对人世沧桑变化洞若观火的神明。在它的衬托下，最有悲剧意味的，就是不同性格的人物在那样一个特别的历史情境中始终都无法摆脱的命运，无论是独裁者、将军、部长们，还是个人英雄主义者们，以及那些与他们密切相关的人们，最终都与其所身处的时代一起破碎了，化作了历史的尘埃。

谁比他更孤独？[①]

　　多年以后，当加西亚·马尔克斯回忆自己早年在巴黎的生活的时候，谈到了与海明威的那次相遇。那天他在大街上发现了自己当时的偶像——欧内斯特·海明威。在潮水般的行人中，他看到海明威时，人已走远了。他聚拢双手在嘴边，大声叫道："大师——！"海明威回过头来，显然知道这喊声指向的是自己，就冲这个年轻人挥挥手，高声道："再见了，我的朋友！"通过这个多少显得有些煽情的场景，马尔克斯其实想要表达的，是自己后来对海明威那种巅峰之后的孤独的理解与领悟。

　　对于作家这个注定孤独的行当，马尔克斯比他的前辈海明威要清醒，也没那么天真好胜。在一次访谈中，当被问及如何理解作家

───────────────

　　① 本文所使用《诺贝尔文学奖文库：授奖词与受奖演说卷（下）》中的文字均出自赵平凡：《诺贝尔文学奖文库：授奖词与授奖演说卷（下）》，杭州，浙江文艺出版社，1998。

这个行当及其成功的时候，他引用登山运动员作为例子，认为写作跟登山运动一样是个孤独的工作，除了自己，没有任何人能帮得了你，而当你成功地攀登到顶峰之后，最明智的选择就是体面地下来，然后再去寻找下一个目标。他跟海明威的经历确实有些相似之处，都在巴黎当过记者，在未出名前生活得很是艰辛，后来都成为著名作家，得了诺贝尔文学奖，并且代表作之后的一些作品都受到了不同程度的批评，都跟卡斯特罗是好朋友……所以尽管他深知海明威长篇小说有这样那样的问题，可仍旧愿意著文为这位孤独的前辈、为那本备受批评和嘲弄的《过河入林》辩护，在他看来，那些不遗余力挖苦海明威江郎才尽的批评家们，根本就没有看懂海明威对孤独的深刻领悟与表述。

"孤独"这个主题，始终都在缠绕着他。它既是个人的，也是历史的。"我想起了我们一起从奎尔纳瓦卡去阿卡普尔科旅行的那天加西亚·马尔克斯讲过的这句名言：'我们大家在写同一本拉丁美洲小说：我写哥伦比亚的一章，你写墨西哥的一章，胡利奥·科塔萨尔写阿根廷的一章，何塞·多诺索写智利的一章，阿莱霍·卡彭铁尔写古巴的一章……'"①实际上马尔克斯很清楚，作家并不是书写历史的人。他没有富恩特斯那么浪漫，他是个现实主义者，尽管西方批评家们给他以及他的文学战友们冠以"魔幻"的名头，但在他眼里，现实是残酷的，而不是魔幻的，残酷的拉丁美洲历史，除了饱经苦难的拉美人民自己，还有谁会真正关心呢？所以他在接受诺

---

① 叶廷芳：《外国名家随笔金库》下卷，451 页，天津，百花文艺出版社，1996。

贝尔文学奖的演讲中使用了《拉丁美洲的孤独》作为标题。"那些有良知的欧洲人，当然也有居心不良的人，开始以前所未有的热情，关注起来自拉丁美洲神话般的消息，关注起那个广阔土地上富有幻想的男人和富有历史感的女人，他们生活节俭的程度可同神话故事相媲美。"随后，他道出了那句看似简单其实异常沉重的话："我们从未得到过片刻的安宁……"他轻易地戳破了西方人猎奇式的错觉与误解。

"两次令人怀疑、而又永远无法澄清的空中遇难，使一位性格豪爽的总统和一位恢复了民族尊严的民主军人丧生。爆发过五次战争和十六次政变，出现过一个魔鬼式的独裁者，他以上帝的名义对当代的拉丁美洲实行了第一次种族灭绝。……两千万拉美儿童，未满两周岁就夭折了。这个数字比 1970 年以来欧洲出生的人口总数还要多。因遭迫害而失踪的人数约有十二万……无数被捕的孕妇，在阿根廷的监狱里分娩，但随后便不知道孩子的下落和身份。……有的被军事当局送进孤儿院。为了改变这种局面，全大陆有二十万男女英勇牺牲。十多万人死于中美洲三个任意杀人的小国：尼加拉瓜、萨尔瓦多和危地马拉。如果这个比例数用之美国，便相当于四年内有一百六十万人暴卒。智利这个以好客闻名的国家，竟有一百万人外逃，即占智利人口的百分之十。乌拉圭历来被认为是本大陆最文明的国家，在这个只有二百五十万人口的小国里，每五个公民中便有一人被放逐。1979 年以来，萨尔瓦多的内战，几乎每二十分钟就迫使一人逃难。如果把拉丁美洲所有的流亡者和难民合在一起，便可组成一个比挪威人口还要多的国家。"

在颁奖盛会上搬弄这些残酷数据，多少会令那些挂着绅士式微笑的欧洲人扫兴，似乎也跟这场年终的文学盛宴扯不上什么关系，然而，这个孤独固执的现实主义者并不就此罢手："我甚至这样认为，正是拉丁美洲这个非同寻常的现实，而不仅仅是它的文学表现形式，博得了瑞典学院的重视。这非同寻常的现实并非写在纸上，而是与我们共存的，并且造成我们每时每刻的大量死亡，同时它也成为永不枯竭的、充满不幸与美好事物的创作源泉。而我这个流浪和思乡的哥伦比亚人，只不过是一个被命运圈定的数码而已。诗人和乞丐，音乐家和预言家，武士和恶棍，总之，我们，一切隶属于这个非同寻常的现实的人，很少需要求助于想像力。因为对我们最大的挑战，是我们没有足够的常规手段来让人们相信我们生活的现实。朋友们，这就是我们感到孤独的症结所在。"

残酷的现实是无法令人乐观的，他知道，面对这样的一种难以摆脱的巨大而沉重的孤独，文学的力量是微不足道的。尽管出于作家的责任感，他曾表达过对拉丁美洲未来的信心，"……面对压迫、掠夺和歧视，我们的回答是生活下去。任何洪水猛兽、瘟疫、饥馑、动乱，甚至数百年的战争，都不能削弱生命战胜死亡的优势。"他甚至还表达了对某种未来乌托邦社会的期待与憧憬。但是现实终归是现实，拉丁美洲的孤独仍在继续着，直到今天，他的祖国哥伦比亚仍然不时处在内战的边缘。他的悲观情绪，不管在小说里，还是在他的内心深处，都远比他的乐观言论更为真实。

功成名就的事实并没有缓解马尔克斯的孤独。当他的作品在拉丁美洲几个国家同时出版并以数以百万计的印数发行的时候，他的孤独感不但没能有所减轻，反而变得更为强烈了。他并不是个喜欢矫情和自命清高的人，他知道作为一个作家如果作品根本没有市场那是令人尴尬而痛苦的，但是，如果他的作品像热狗一样大量出售的话，那么作品本身的真实性也就必然被淹没掉了，他的孤独产物，他对孤独的拉丁美洲的解读的产物，变成了时尚产品，会有多少人能从孤独的角度上认真而耐心地去解读它呢？这是另一种更难以言说的尴尬。他的忧虑不是没有道理的。

时隔多年，想想看，除了"爆炸文学""魔幻现实主义"，以及"诺贝尔文学奖得主"这样的名头，对于《百年孤独》的记忆还有多少是属于真实范畴的？作为"现实主义"作家的马尔克斯，在历经这么多年之后，估计知音并没有增加多少。我们不难看到，那些热衷名利的作家们、天真的文学爱好者们反复谈论的，不过是那个令人惊讶的开头句子，不过是那些所谓"魔幻"的手法，有几个人会去关注他的孤独以及他对孤独的抗争、会有意识地回过头来关注自身所处的严峻现实呢？现在，直到生命的终点，他再也没写出超越《百年孤独》的作品来，尽管他从未放弃过努力，哪怕是疾病缠身。然而，作为"孤独"的祭司，他的孤独之曲，似乎从未终止过。

图书在版编目(CIP)数据

被夺走了时间的蚂蚁/赵松著.—北京：北京师范大学出版社，2019.6
（文化与生活丛书）
ISBN 978-7-303-24283-2

Ⅰ.①被… Ⅱ.①赵… Ⅲ.①世界文学—文学评论—文集
Ⅳ.①I106-53

中国版本图书馆 CIP 数据核字(2018)第 258411 号

营 销 中 心 电 话　010-58805072　58807651
北京师范大学出版社谭徐锋工作室　http://xueda.bnup.com

BEI DUOZOULE SHIJIAN DE MAYI
出版发行：北京师范大学出版社　www.bnup.com
　　　　　北京市海淀区新街口外大街 19 号
　　　　　邮政编码：100875

印　　　刷：鸿博昊天科技有限公司
经　　　销：全国新华书店
开　　　本：890 mm×1240 mm　1/32
印　　　张：6.75
字　　　数：150 千字
版　　　次：2019 年 6 月第 1 版
印　　　次：2019 年 6 月第 1 次印刷
定　　　价：55.00 元

策划编辑：谭徐锋　　　　责任编辑：李云虎　李双双
美术编辑：李向昕　　　　装帧设计：周伟伟
责任校对：韩兆涛　　　　责任印制：马　洁